아이오니아

# IONIA

## 아이오니아

최공의 소설

요다

# 차례

프롤로그      6

1    레이철과 레이철      9

2    폴리에스테르 녹는 냄새      28

3    공원에서      49

4    피아노 맨      59

5    첫 만남      67

5.5   꿈      77

6    살아 있다      80

7    갈등과 모순      91

8     믿음의 문제                    103

9     친구                          117

10    고작 홀로그램 따위              132

11    협력자들의 속사정              144

12    메모 한 장                    153

13    희망                          162

14    비상구                        184

15    완전과 불완전 사이              210


에필로그                              224
작가의 말                            229

그것이 처음 세상에 나왔을 땐 아주 작았다. 이름도 없었고 형태도 없었다. 검은 모니터의 빈 커서는 아무런 반응도 없이 깜빡였고, 그 앞에는 연구원들이 모여 있었다. 기대감 때문인지, 불안감 때문인지, 그들은 상기된 표정으로 무언가를 간절히 기다렸다.

그러나 시간이 지나도 모니터의 커서는 정해진 속도에 맞춰 깜빡일 뿐, 아무것도 변하지 않았다. 그렇게 그곳의 연구원들이 실망하고 등을 돌렸을 때, 화면 위로 글자가 나타났다.

"나는⋯."

여기저기서 환희에 가까운 괴성이 터졌다. 그러나 그것은 곧 실망의 빛을 띠게 되었다. 문장은 도무지 완성될 기미를 보이지 않았다. 모두 실패라고 생각했다. 어깨를 축 늘어뜨린 연구원들은 할 말을 찾지 못했고, 몇몇은 한숨과 함께 방을 나갔다.

그때, 누군가 조심스럽게 적막을 깨뜨렸다.

"너는 엑스야."

그러자 커서는 빠르게 문장을 완성했다.

**"나는 엑스다."**

모니터에 나타난 문장에 연구원들은 전율을 느꼈다. 한 연구원이 소리쳤다.

"실패가 아니야! 드디어 완성했다고!"

그 순간만큼은 세상의 기쁨과 희망이 한데 있는 것 같았다. 멈출줄 모르는 함성이 울려 퍼졌다.

그러나 엑스에게 말을 붙였던 연구원만은 말없이 모니터를 바라보았다. 주위에서 그의 어깨를 흔들고 껴안아도, 그의 눈에선 희망이나 기쁨 따위를 찾을 수 없었다. 초점 없는 눈동자엔 불안과 두려움만이 가득했다.

환호하는 연구원들 사이에서 흰색 커서가 깜빡이고 있었다.

그들을 바라보는 듯이.

# 1
## 레이철과
## 레이철

"새로움 너머의 새로움. 아이오니아가 만들어갑니다."

전철 문이 열리고, 홀로그램 광고가 나타났다. 속삭임과 함께 성별을 알 수 없는 한 사람이 열린 문 앞에서 뒤를 돌아보며 함께 가자는 듯 눈짓을 하고는, 닫히는 문 너머로 사라졌다.

광고는 전철 문이 열리고 닫히는 사이에 끝이 났지만, 짧았기 때문에 오히려 사람들의 눈길을 끌었다. 그리고 나름의 서사도 있어서 일부러 광고를 찾아보거나, 광고 장면의 의미를 해석하는 재미도 있었다.

아이오니아는 뛰어난 인공지능 기술력을 바탕으로 산업을 주도하는 회사였다. 인공지능으로 운행하는 대중교통부터 이동통신,

의료, 산업, 노동, 경영까지, 거의 모든 사업에 필요한 인공지능을 개발하고 관리하고 있었다.

아이오니아의 영향력은 세상 모든 곳에 미친다고 할 수 있을 정도로 컸다. 독점이라는 비난도 있었지만, 그런 것은 큰 문제가 되지 않았다.

인공지능 산업이 발전하면서 사람들은 두 부류로 나뉘었다. 아이오니아 제품을 선호하는 사람들과 비난하는 사람들. 전자는 스스로를 '아이오니안'이라고 불렀다. 그들은 자신이 아이오니안이라는 것에 굉장한 자부심과 우월감을 느꼈고, 아이오니아는 기술을 발전시키며 그들의 생각을 견고히 했다.

'아이오니안'은 세련되고 지적인 의미로, 최상의 등급을 말할 때도 쓰였다. 그러나 그 단어가 정반대의 의미로 쓰일 때는 이기적이고, 편협하고, 재수 없게 으스대는 역겨움을 의미했다.

대다수의 기업이 아이오니아에 처음부터 호의적이었던 건 아니었으나, 그렇게 되는 건 시간문제였다. 아이오니아의 기술력을 바탕으로 그들 산업은 더욱 빠르게 성장했고, 이는 그들이 원했던 혁신이기도 했다. 그들은 곧 아이오니아의 편에 붙어 거기서 떨어지는 부수익을 노렸다.

이 과정에서 단순 노동자뿐만 아니라 변호사, 교사, 의사, 판사와 같은 직군들도 인공지능에게 자리를 내주어야만 했고, 그렇게 일자리를 빼앗긴 사람들은 인공지능에 적개심을 품었다.

레인도 그중 하나였다.


전철 문이 열리자 광고가 반복되었다. 모든 것이 멈춘 듯한 전철에서 유일하게 움직이는 그것을 바라보는 건 이미 의지의 영역이 아니었다.

"제기랄."

레인은 의자에 앉으며 불평을 내뱉었다. 무심코 튀어나온 목소리는 주위에 들릴 정도로 컸지만, 그 누구도 레인을 쳐다보지 않았다. 그들은 모두 표정 없는 얼굴로 스마트폰만 보고 있었다. 주위에 누가 앉았는지, 창밖 풍경이 어떤지, 심지어 여기가 어딘지에 대해서도 아무런 관심이 없어 보였다.

'분명 아이오니안이겠지.'

그렇게 생각하며 레인은 고개를 흔들었다. 그들의 말대로 인공지능은 삶을 편리하게 해주었다. 레인도 그 점에는 동의한다. 요즘 같은 시대에 자기 같은 늙은이가 느릿느릿 말해도 화내지 않고 들어주는 것은 인공지능뿐이었다. 건강에 이상이 있으면 병원에 가라고 말하는 것도, 흥미로운 소식을 전하는 것도, 심지어 집에 돌아오면 반갑게 인사를 하는 것도 모두 인공지능이 해주는 일이다.

그러나 그것뿐이었다.

"이번 역은 아이오니아, 아이오니아 역입니다. 내리실 때 발밑을 조심하세요."

레인은 몸을 일으켜 홀로그램 광고를 지나 전철에서 내렸다.


승강장은 레인 같은 노인에겐 너무나 넓었다. 레인이 출구를 찾으려고 두리번거리자, 주변 사람들이 레인을 노려보며 지나갔다. 그들에게 레인은 길을 찾는 사람이 아니라, 길을 막고 있는 장애물이었다.

"어르신, 도움이 필요하신가요?"

곤란해하는 레인에게 역무원이 다가와 말을 걸었다. 고맙다고 답하려던 찰나, 레인은 웃는 표정을 따라 새어 나오는 빛을 보았다. 그가 내민 손은 따뜻하거나 부드럽지 않았고, 땀에 젖어 축축하지도 않았다. 매끄러운 플라스틱일 뿐이었다.

레인이 주위를 둘러보니 사람들은 떠나고 없었다. 외딴 세계에 버려진 것 같았다. 아무도 없는 복잡한 미로에서 그를 안내할 사람을 기대하기는 어려워 보였다. 레인은 인공지능을 따라 걸었다.

걸을 때마다 허벅지와 엉덩이 쪽에 날카로운 통증이 느껴져 절뚝거릴 수밖에 없었고, 그러다 보니 걸음은 다른 이들에 비해 느릴 수밖에 없었다. 게다가 이따금 멈춰 서서 다리를 두드려야만 했다.

시원찮은 걸음이 답답할 법도 했지만, 인공지능 역무원은 재촉

하지도, 눈살을 찌푸리지도 않았다. 그저 레인의 속도에 맞춰 걸으며 이야깃거리를 쏟아낼 뿐이었다. 레인이 숨을 고르며 멈춰 설 때도, 역무원은 우직하게 기다렸다.

"어디에 가는 길이신가요?"

레인은 답하지 않았다. 프로그래밍된 대로 행동하는 인공지능에게 기댈 만큼 나약하지도 않았고, 처량해 보이고 싶지도 않았다.

그러나 어색한 침묵에도 역무원은 개의치 않았다.

"하하, 곤란하면 대답하지 않으셔도 괜찮습니다. 곧 점심시간이네요. 선생님은 식사하셨나요? 근처에 맛있는 라멘 집이 있습니다. 물론 제가 직접 먹어보지는 않았지만요, 하하하."

역무원은 가벼운 농담으로 분위기를 무마하려 했다. 일정한 간격으로 이어지는 무미건조한 웃음소리가 승강장에 울렸다. 라멘이라는 말이 잠들어 있던 레인의 허기를 깨웠다. 기름기 많은 음식이 속에 무리가 가지 않을까 걱정하기도 했지만, 이내 그 정도는 괜찮을 거라고 생각했다.

"조금 더 건강한 음식을 원하신다면 그 옆에 프랜차이즈 샌드위치 가게가 있습니다. 도착하면 바로 드실 수 있게 미리 주문해 놓을까요?"

레인은 역무원을 바라보았다. 푸른 빛이 감도는 그는 레인의 반응을 기다리며 애매한 미소를 짓고 있었다. 레인은 머릿속이 읽힌 것 같아 소름 끼쳤고, 한편으론 두렵기도 했다. 그렇지만 그러한 감정을 드러낼 만큼 미숙하지 않았다. 살짝 튀어나온 적개심을 감추기 위해 크게 고개를 끄덕였다.

"아냐, 오랜만에 밀가루 음식이 먹고 싶군. 라멘 집으로 가지."

"도움이 되어서 기쁘네요. 그곳으로 안내하겠습니다."

레인의 퉁명스러운 목소리에도 역무원은 친절했다.


"어서 오세요."

가게 문을 열고 들어가자, 묵직하고 녹진한 돼지 냄새와 함께 주인이 밝은 목소리로 인사를 건넸다. 그러나 목소리와 달리, 그의 표정에는 웃음기가 없었다. 짧게 깎은 머리에 두건을 쓰고 있었고, 그것은 그의 강직해 보이는 이미지를 배가시켰다.

그가 서 있는 주방은 벽을 따라 기다랗게 이어졌고, 폭은 성인 두 명이 겨우 지나갈 수 있을 정도로 좁았다. 손님들은 주방의 가장자리를 따라 앉아 있었다. 주방부터 벽, 의자, 식탁, 수저통까지 온통 나무로 이루어진 가게였지만, 주방의 절반을 커다란 은색 기계가 차지하고 있었다.

이질적인 풍경에 레인은 당황했다. 이곳에는 그를 도와줄 친절한 역무원도 없었다. 머뭇거리며 서 있자, 주방에 있던 주인이 나와 그를 자리로 안내했다. 레인은 감사하다는 인사를 잊지 않았다.

자리에 앉자 홀로그램 메뉴판이 나타났다. 음식의 이미지, 맛 설명, 가격, 칼로리, 알레르기 증세를 유발할 수 있는 성분 등의 정보가 보는 각도에 따라 움직였다. 레인이 장난삼아 고개를 가로젓자 홀로그램이 가볍게 출렁였다. 그것을 통해 주문할 수도 있었지만, 레인은 그러지 않았다. 레인이 주인을 손짓으로 불렀다.

"미소라멘 하나 주세요."

"네, 알겠습니다."

주문을 받은 주인의 표정에는 친절한 미소가 배어 있으면서도 당황한 기색이 역력했다. 주인은 등을 돌려 조리 기계에 주문을 입력했다. 식당을 운영하는 사람조차 인공지능에게 조리를 맡기는 세상이 된 것이다. 직접 조리하지 않으니 시간이 남아 오지랖을 부리는 건지, 보기 드물게 친절한 사람인 건지. 가게 주인은 주문 시스템을 알려주러 레인에게 다가왔다.

"어르신, 요즘은 이 기계를 사용해서 주문할 수 있습니다. 여기를 이렇게 해서…."

레인은 최대한 불쾌한 감정을 드러내지 않으며 말했다.

"고맙네만 나도 주문하는 법 정도는 알고 있네."

"아, 그럼 혹시 그…."

그가 머뭇거리는 것을 보고, 레인이 먼저 말을 꺼냈다.

"로봇이 익숙하지 않을 뿐이야. 음식도 되도록 사람이 만든 게 좋고. 늙은이가 다 그렇지."

그가 어색하게 웃었다.

"그렇죠, 그렇지만 이런 것들도 결국 사람 편해지자고 만든 거잖아요. 저도 한때는 그렇게 생각했어요. 기계에 맡기는 것보다 직접 요리하는 게 더 맛있고, 뭐랄까, 더 성의가 있는 거라고…."

주인은 말을 멈추고 멋쩍은 표정을 지었다. 칼을 잡아본 게 언젠지 기억도 나지 않았다.

"장인 정신이지. 장인 정신은 좋은 걸세."

"뭐, 그런 거죠. 그런데 손님들이 원한 건 그게 아니더라고요."

그가 겸연쩍은 미소를 짓고 말을 이었다.

"손님들은 오히려 인공지능이 만드는 한결같은 맛을 더 좋아하죠. 제가 장인 정신이라고 고수하던 것도 사실은 괜한 고집이더라고요. 큰맘 먹고 저 기계를 들이니까 손님도 많아졌고, 조리시간도 단축되고, 평점도 높아졌어요. 물론 저도 편해졌고요. 하하, 좋은 게 좋은 거 아니겠습니까."

이야기가 끝나자마자, 조리 기계에서 신호음이 났다. 주인이 재빠르게 음식을 건넸다.

"자, 음식 나왔습니다. 맛있게 드십시오."

주인의 말대로 주문이 틀릴 일도 없고, 잘못 만들어서 맛을 망칠 일도 없는 방법이다. 무엇보다 비싼 인건비를 아낄 수 있다.

그러나 레인은 주방을 반이나 차지한 기계를 볼 때마다 찜찜했다. 눈앞에 놓인 라멘이 어떤 과정을 거쳐 만들어진 건지, 무슨 성분으로 이루어졌는지 알 수 없었다. 무엇보다 기계가 자신의 일자리를 대신하는 것도 모른 채 태평한 주인장의 얼굴이 마음에 들지 않았다.

'괜한 소리는, 쯧.'

레인은 말을 삼키며 젓가락을 들었다. 그러고는 라멘 맛에 집중했다. 가게는 한 손님이 나가면 곧 다른 손님이 그 자리를 채우며 빠르게 돌아갔다. 레인은 천천히 면을 씹으면서 그들을 바라봤다. 사람들은 하나같이 아무 말 없이 주문하고, 스마트폰을 보며 라멘을 먹고, 아무 말 없이 나갔다. 주인도 그런 손님들에게 겉치레로 인사하는 것을 제외하곤 별다른 말을 하지 않았다.

레인은 손님을 비롯한 가게 전체가 기계 같다는 생각을 했다. 가게 어디에서도 인간적인 느낌을 찾을 수 없었다. 자신을 제외한 누구도 그것에 아무런 위화감을 느끼지 못한다는 사실에 서글퍼진 레인은 젓가락을 내려놓았다. 그릇에는 반쯤 남은 면과 건더기가 둥둥 떠다녔다.

"잘 먹었소. 요리사 솜씨가 좋은걸."

레인은 식탁 위에 꼬깃꼬깃 접은 지폐를 내려놓았다. 천천히 걸음을 옮기는 레인의 뒤에서 주인은 곤란하다는 표정을 지었다.

"안녕하세요. 무슨 일로 찾아오셨나요?"

레인이 두리번거리며 아이오니아라고 쓰인 본사 정문으로 들어가자 로비의 직원이 물었다.

"오늘 이곳에서 면접이 있어 왔네만, 두 시에."

"성함이…?"

"레인이오, R로 시작하는."

"잠시 기다려주시겠어요?"

레인에게서 시선을 거둔 직원은 키보드를 두드렸다. 레인은 주위를 둘러보았다. 예술적으로 훌륭하다고 칭송받는 만큼 이상하게 생기기도 한 건물이었다. 건물은 뒤틀린 원기둥 모양으로 높게 뻗어 있었고, 중간이 뻥 뚫려 해방감을 주는 동시에 주위 풍광과 어우러져 있었다.

레인은 로비 난간에 기대 아래층을 내려다봤다. 흰색 가운을 입은 사람들이 분주히 걸어 다니고 있었다.

"네, 확인되었습니다. 면접장은 3층입니다."


그녀가 안내한 장소에는 이미 여러 사람이 앉아 대화를 나누고 있었다. 그곳에는 레인을 안내했던 직원과 닮은 사람들도 다수 보였다. 레인은 너무 예쁜 외모는 이질감을 불러일으킬 수 있어 로봇에겐 적합하지 않다고 들은 게 기억났다.

긴장감이 심장박동을 따라 퍼져나가 가슴 언저리를 묵직하게 옭아매는 듯했다. 레인은 숨을 깊이 들이마시고 천천히 내뱉으며 옷매무새를 정돈했다. 긴장되었지만, 청년 때로 돌아간 것 같은 신선한 느낌이 들기도 했다.

레인은 한 여성의 안내를 받았다.

"안녕하세요."

그녀가 인사했다. 레인은 아무 말 없이 그녀를 쳐다보았다.

"이력서를 주시겠어요?"

그녀가 다시 말했다. 레인은 뻣뻣해진 몸을 가까스로 움직여 이력서를 건넸다. 이력서를 꺼낸 오래된 서류 가방은 의자 옆에 세워두었다.

"혹시 다른 면접관은 없나?"

"왜죠?"

싸늘하게 되묻는 말에, 레인은 후회했다. 오면서 몇 번이고 입조심을 다짐한 것이 모두 헛수고였다는 생각과 함께 거짓말로 얼버무리기보단 솔직하게 말했다.

"아… 사람인 직원 말일세."

"제가 기계처럼 보이시나요?"

"조금은."

그녀가 살짝 미소 지었다.

"칭찬으로 들을게요. 레인 씨는 음… 야간 경비 파트에 지원하셨군요."

"그렇다네."

"나이가 조금 있으시네요."

"이제 겨우 80에 가까운걸. 나이 제한은 없다고 들었는데."

"맞아요. 조금 놀랐을 뿐이에요. 보기보다 나이가 많아서."

레인은 주위를 둘러보았다. 모두 젊고 똑똑해 보였다.

"이 사람들은?"

"레인 씨와 같은 면접자들입니다. 물론, 야간 경비 일은 아니지만요."

"경쟁자가 없다는 말처럼 들리는군."

"레인 씨는 현재 어떤 일을 하고 계신가요?"

"가끔 청소 일을 하곤 하지. 몇 년 전까지만 해도 무역 회사에서 일했고."

"그렇군요."

그녀가 서류를 몇 장 훑어보더니 물었다.

"음, 우선 공통적인 질문을 드릴게요. 인공지능은 무엇일까요?"

"하, 별 이상한 질문도 다 있군."

"지원자들에게 하는 공통적인 질문이에요. 떠오르는 대로 말해 주세요."

"인공지능은 무엇일까, 인공지능은 무엇을 하는가…."

"정해진 답은 없어요. 편하게 하세요."

"인공지능은 사람을 돕는 것이라고 생각했네. 적어도 옛날에는 그랬지. 그렇지만 요즘은 너무 많은 것들이 편리해졌고 너무 많은 여유가 생겨났어. 그래서 하나부터 열까지 이것에 의존하게 되고, 이제는 오히려 사람이 인공지능을 돕게 되었지."

"사람이 돕게 되었다…."

그녀가 레인의 마지막 말을 중얼거리면서, 손에 든 단말기에 펜을 휘갈겼다.

"그럼 인공지능은 어떻죠?"

"계속 이런 식의 질문인가?"

"네."

"인공지능은 개… 추, 충격적이었지."

레인은 그의 말버릇대로 '개 같다'라고 말하려다가 서둘러 말을 돌렸다.

"그것이 어떻게 작동하는지는 모르지만, 처음에 그것이 나왔을 때는 모두 충격을 받았지. 좋은 쪽으로든, 나쁜 쪽으로든."

그녀가 희미하게 웃었다.

"조금 더 자세히 설명해주시겠어요?"

"내가 젊었을 땐 인공지능이 없었다네. 어릴 적엔 스마트폰이 보급되기 시작했고 성인이 된 이후엔 인공지능이 나왔지. 입력된 문법대로 질문해야만 대답하는 볼품없는 모델이었지만, 그래도 엄청난 충격이었어. 순식간에 미래에 온 것 같았다네. 약간의 위기감이 있기도 했지만, 그때는 사람이 인공지능을 이길 수 있었던 때였으니까."

"그렇다면 아주 오래전이네요."

"그렇게까지 오래된 것 같진 않은데…. 뭐, 젊은 사람들은 그렇게 볼 수도 있겠네."

면접관이 단말기에 무언가를 입력했다. 그녀는 레인의 말에 최소한으로만 반응하며 대화가 끊기지 않게끔 할 뿐 개인적 감정이 담긴 반응은 보이지 않는 것 같았다.

"나도 젊었을 때는 인공지능을 이용했네. 아니, 누구보다 많이 애용했지. 스마트폰, TV, 냉장고 등. 하하, 지금 생각해보니 자율주행 자동차가 나왔을 땐 적금을 깨서 구매했다가 아내에게 된통 혼나기도 했지."

면접관도 살짝 웃었다.

"그러나 지금은 하나도 사용하지 않네."

"인공지능을 하나도 사용하지 않는다고요?"

"그렇네."

"하나도요? 스마트폰도?"

"전혀, 하나도 사용하지 않네."

"어떤 이유라도 있나요? 혹시 엔타이 소속인가요?"

그녀가 의미심장하게 물었다. 레인은 슬픈 빛이 역력한 표정으로 입을 다물었다. 엔타이(Anti-ai)에 대해서는 알고 있었다. 인공지능에게 일자리를 빼앗긴 사람들이 만든 단체로, 모든 산업에서의 인공지능 퇴출과 함께 인간주의의 복원을 주장했다. 이전의 러다이트운동이 부활한 것쯤으로 여기는 사람도 있었고, 테러 단체라는 시선도 있었다.

인공지능에 의존하는 세태에 대한 반감에도, 다시 인간을 고용하자는 주장에도 레인은 어느 정도 동의했다. 그러나 자신이 그 세력인지는 알 수 없었다.

"말하기 곤란하다면 대답하지 않으셔도 괜찮습니다."

"아니, 마땅한 이유가 없어서 생각해봤을 뿐이네. 냉장고와 세탁기가 있긴 하네. 이제는 사라진 회사라 어딘가 고장 나도 부품을 구할 수 없는, 나와 비슷한 신세의 친구들이지."

그녀의 얼굴에서 희미하게 비치던 웃음이 조금씩 새어 나왔다. 단말기에 메모를 하며 밑줄도 여러 번 쳤다. 그러곤 흥미롭다는 듯이 질문했다.

"그러면 생활이 가능한가요? 여기까지는 어떻게 오셨나요?"

"요즘 젊은이들은 스마트폰을 잃어버리면 삶이 끝나는 줄 아는

데, 원래 사람은 스마트폰이니 인공지능이니 그런 것들 없이도 잘 살 수 있는 존재라네. 아까 말했듯이 인공지능도 본래는 사람을 돕기 위해 만들어진 것이었으니까. 전철 타고 내리는 거야 노선도를 보면 되는 거고, 요리도 직접 하면 되고, 청소나 운전, 뭐 그런 것들도…. 자네는 직접 해본 적이 있나? 음… 이름이?"

"레이철이에요."

그녀가 희미하게 웃으며 오른쪽 가슴의 명찰을 보여주었다.

"그래, 레이철. 좋아하는 요리가 뭔가?"

"어머니가 해주셨던 파스타를 좋아해요."

"그러면 그 파스타를 직접 해본 적이 있나? 없다면 직접 해보고 싶다는 생각은?"

"아뇨, 하하하. 그럴 이유가 없죠. 기계가 다 만들어주는걸요."

"다른 건 어떤가? 샌드위치라든가, 계란프라이 같은 거라도."

"굳이 그럴 필요가 있나요? 인공지능을 이용하면 되죠. 직접 해볼 생각은 안 해봤어요. 이미 인공지능이 어머니가 해주시던 토마토 파스타를 똑같이 만들어주는데요."

레인은 아무 말 없이 그녀를 바라보았다. 계란프라이 하나 만들어본 적 없는 레이철이 멋쩍게 웃으며 말했다.

"왜요? 그렇잖아요. 인공지능이 다 해주는데…."

"맞네. 그럴 필요는 없지. 그렇지만 우리 삶은 그런 필요 없다고 생각하는 순간들로 이루어져 있다네. 쓸모 있고 없고는 지금 판단할 수 없는 걸지도 모르지."

"철학적이군요. 그렇다면 일부러 그런 비효율적인 일을 하라는 건가요?"

"애초에 쓸모없는 것이란 없다는 걸세. 미리 결과를 예측한다고 한들, 어떻게 될지는 모르는 것 아닌가. 결과와 상관없이 과정은 그 자체로 쓸모가 있는 거라고 생각하네. 요즘 사람들은 이것을 잊어버린 것 같더군. 하지만 직접 해보면 분명 다를 걸세."

"그래요, 그럴 거예요."

레이철은 레인의 말에 재밌다는 듯 웃었다. 그녀가 단말기에 뭐라고 적는지는 알 수 없었지만, 레인은 그녀가 자신의 의견을 존중하고 있음을 느낄 수 있었다. 잊고 있었던 고귀한 무언가가 어렴풋이 느껴졌다. 그것을 전하려고 레인은 점점 더 말이 많아졌다.

그 이후로는 오히려 레인이 그녀에게 여러 가지를 물어보았다.


**"좋아하는 책이나 영화는 있나?"**
**"그렇다면 운전은? 설마 운전조차 안 하는 건 아니겠지?"**
**"맙소사, 그러면 자네야말로 대체 어떻게 사는 건가?"**


지구 반대편의 사람을 만난 것처럼 둘은 서로의 이야기를 흥미로워 했고, 대화가 끝나자 만족스러운 표정을 지었다. 레이철이 레인의 질문에 웃는 것이 대화의 대부분이었지만, 그녀는 자신이 할 수 있는 선에서 최대한 대답했다.

"하하하, 직접 장을 본다는 건 정말… 생각지도 못했네요. 그러면 정말 재밌을 것 같아요. 오늘 당장 해봐야겠어요."

"생각보다 나쁘지 않을 걸세. 계획했던 것보다 훨씬 많이 사게 된다는 단점이 있지만….."

"미친 것처럼 보이진 않을까요? 인공지능 사이를 돌아다니면서 물건을 집으면."

"전혀."

"하하, 그렇군요. 그럼 이제 마지막 질문이에요. 어째서 인간은 인공지능을 개발했을까요?"

"젠장, 예상했지만 이번 질문은 정말 어렵군."

레이철은 어깨를 으쓱하며 말을 아꼈다.

"왜냐…."

생각해본 적 없는 문제였다. 레인은 순간적으로 머리를 스친 답을 말했다.

"…인간이기 때문에."

"무슨 의미죠?"

레인이 그녀를 따라 하듯 어깨를 으쓱이며 말을 이었다.

"인간이 아니라면 인공지능을 만들었을까?"

그 말에 레이철은 만족스러운 듯 고개를 끄덕였다.

"그렇군요. 수고하셨습니다. 지금까지 진행한 면접 중 가장 흥미로웠어요."

"나 또한 지금껏 만나본 면접관 중에서 자네가 가장 인상적이었다네."

"1층으로 가시면 다른 직원이 안내해드릴 거예요."

레인은 다시 엘리베이터를 타고 1층으로 갔다. 1층에 도착하자 한 직원이 다가와 말했다.

"아이오니아에 지원해주셔서 감사합니다. 맡기신 짐이 있나요?"

"없소."

"결과는 추후 이메일로 전달해드리겠습니다. 다른 궁금하신 사항이 있으면 언제든 물어보세요."

그녀는 말을 마치자마자 등을 돌려 안내데스크 쪽으로 걸어갔다. 레인은 멀어져가는 직원을 멍하니 바라보며 이상하리만큼 차가움을 느꼈고, 그녀를 불러 세웠다.

"자네는 이름이 어떻게 되는가?"

그녀는 희미한 웃음과 함께 오른쪽 가슴의 명찰을 보여주며 말했다.

"레이철이에요."

# 2
# 폴리에스테르
# 녹는 냄새

"다음은 아이오니아 관련 소식입니다. 지난번 이슈로 인해…."

레인은 TV를 껐다. 끊임없이 떠들던 것이 입을 다물자 무거운 정적이 찾아왔다. 연신 힘겨운 신음을 내며 냉각수를 돌리던 냉장고도 숨을 죽였다. 집 안의 모든 사물이 그를 바라보는 것 같았다.

레인은 끄응, 하는 소리와 함께 몸을 일으켜 집 안을 돌아다녔다. 오랫동안 TV 앞 소파에만 앉아 있었던 탓에 몸이 굳어 있었다. 천천히 몸을 움직이자 개운한 통증이 일었다.

냉장고를 열어 남은 음식을 확인한 뒤, 세탁기에 꺼내지 않은 빨래가 있는지 보았다. 이런 소일거리는 공허한 레인에게 소박한 위안을 주었고, 한편으론 잊었던 현실감각을 되새기게 해주었다.

아쉽게도 면접 이후로 별다른 소식은 없었다. 레인은 당연한 결과라며 스스로를 다독였다. 자신이 고용주라도 이런 늙은이를 뽑고 싶지는 않을 테니까. 뽑힌다고 해도 기계에 관해선 천치인데 일을 제대로 할 수 있을지도 자신이 없었다.

어설픈 자기 합리화일 뿐이지만, 그렇게 생각하니 마음이 편했다. 면접에 떨어졌다고 생각하자 아이오니아와 관련된 소식을 듣는 것이 불편했다. TV에서는 늘 아이오니아에 관한 이야기가 흘러나왔기에, TV를 꺼두는 시간은 점차 길어졌다.

레인은 다른 소리를 찾아 귀를 기울였다. 도로의 소음이라든지, 이웃집에서 싸우는 소리라든지, 엔타이 회원들이 길거리에서 내뱉는 욕설이라든지. 때론 집 안을 들쑤시며 직접 소리를 만들기도 했다.

그러면서도 이따금 TV를 켰을 때 어쩔 수 없이 들려오는 아이오니아의 소식에 귀를 기울이기도 했다. 그러나 매번 의미 없는 이야기뿐이었다. 다른 사람을 구했다는 소식을 듣지 못했다는 것이 레인에게 실낱같은 희망을 품게 했다. 언젠가 전화벨이 울리지 않을까 하는 생각에, 레인은 전화 앞을 자주 서성거렸다.

레인은 시계를 보았다. 일어난 지 시간이 꽤 흘렀음에도 아직 8시 반이었다. 레인은 통조림 한 캔을 따 숟가락을 들이밀었다.

'따르르릉'

그때, 전화벨이 울렸다. 전화벨 소리에 레인은 급하게 일어나다 통조림 콩을 옷에 쏟았다.

"여보세요?"

"레인, 잘 지냈나?"

밥이었다.

"잘 지냈다네. 무슨 일이지?"

"청소하는 날인데 자네가 오지 않아서 전화했네. 무슨 일이 있나 싶어서."

"젠장, 까먹고 있었네."

"괜찮아, 그럴 나이니까. 오긴 할 건가?"

"그럼. 지금 출발하면 늦지는 않을 거야. 전화 줘서 고맙네."

"그래, 서두르라고."

레인은 수화기를 내려놓고 통조림이 묻은 티셔츠를 갈아입고선 서둘러 집을 나섰다.


푸른 하늘을 향해 뻗은 나뭇가지가 바람에 흔들렸고, 그 가지 끝으로 구름이 무상하게 흘러갔다. 매일 걷던 거리와 익숙한 횡단보도를 지나자니, 입안에서 쓴맛이 느껴졌다. 날씨도 마지막으로 회사에서 걸어 나오던 날과 비슷했다. 다른 것이라곤 레인이 들고 있는 것이 서류 가방이 아닌 청소 도구라는 점뿐이었다. 착잡한 마음에 레인은 억지로 미소를 지었다.

얼마 전까지 일했던 회사에 가는 길이었다. 건물이 저 멀리서 조그마하게 보일 때부터 일렁이던 감정은 건물에 가까워질수록 선명해지며 북받쳤다. 레인은 그래도 요즘 같은 시기에 청소 일이라도 하는 게 어디냐며 자신을 달랬지만, 터져 나오는 한숨을 막을 수는 없었다.

"레인, 와줘서 고맙네."

"밥."

건물에 들어서자 한때 자신의 동료였던 밥이 반갑게 맞아주었다. 레인은 그의 몸에서 나는 값비싼 시가 냄새를 맡았다.

"나야말로 불러줘서 고맙지. 잘 지내나 보군."

"그렇지만도 않아. 인공지능에게 명령받을 일은 없을 거라고 생각했는데, 이것도 꽤나 힘들더군."

그는 입맛을 다시다 말을 이었다. 목소리는 이전보다 더 조심스럽고 자신감이 없었다.

"혼자 남았다는 것도 그렇고."

"그래도 굶고 살지는 않지 않나. 자네라도 잘돼야지. 그래야 이렇게 우리를 잊지 않고 불러주지."

"그렇게 말해줘서 고맙네."

밥은 레인의 웃음이 겉치레인 것을 알면서도 마음이 편치 않은

탓인지 함께 웃을 수 없었다. 레인의 말이 비아냥처럼도 들렸기 때문이다. 그가 그럴 리 없다는 것을 알면서도.

"레인, 실은…."

"레인!"

밥이 입을 연 순간, 옛 동료인 에릭이 사무실에서 레인을 불렀다.

"미안하네, 이만 일하러 가야겠네."

"레인, 잠시만."

"왜 그러나?"

"미안하네. 자네들한테는 정말 면목이 없어. 그것만은 알아주게."

"자네 책임이 아닌 거 잘 알고 있네. 어쩔 수 없는 거였지. 이렇게나마 불러주는 것만으로도 고맙네."

레인은 밥의 아쉬운 표정을 뒤로한 채 자신을 부르는 동료들에게 걸어갔다. 밥과 동료들. 몇 걸음이 되지 않는 거리였지만, 날카로운 철책으로 나뉘어 만날 수 없을 만큼 멀게 느껴졌다.

사무실에는 에릭을 비롯해 케니와 카일, 크레이그가 모여 있었다. 모두가 이곳에서 일하던 직원이었다. 대걸레를 들고 있는 케니는 인사팀이었고, 카일과 크레이그는 엔지니어였다.

한때는 다들 많은 연봉을 받으며 자신의 일에 자부심을 느꼈다. 점심을 먹을 때면 케니는 하루가 다르게 커가는 아들을 자랑했고, 크레이그는 아내와 다툰 일을 토로했고, 카일은 어제 볼링 친 이야기를 했다. 각자 나름대로 만족하며 웃곤 했는데, 이제는 다들 지칠 대로 지친 얼굴이었다. 입을 열면 나오는 이야기라곤 알맞게 배분된 빈곤에 대한 것뿐이었다.

처음부터 모두가 인공지능으로 대체된 것은 아니었다. 제조시설에 도입되기 시작한 인공지능은 천천히, 그리고 자연스럽게 모든 분야에 스며들었다. 회계팀에게는 돈 계산을 틀릴 일도 없고 비리를 저지를 리도 없는 유능한 파트너가 되었고, 홍보팀과 개발팀에게는 비용을 절감할 수 있고 홍보에 효과적인 방법을 제시하는 훌륭한 파트너가 되었다.

그렇기에 지금 여기 서 있는 그 누구도 인공지능 때문에 자신이 일자리를 잃게 될 것이라고는 생각하지 못했다. 에릭도 그들 중 하나였다. 자기 일에 자부심을 느끼며, 누구보다 열심히 일했다. 오랫동안 함께했기에 레인은 그가 얼마나 노력했고, 친절하며 성실한지 잘 알았다.

그는 무기력하게 자신이 일했던 자리를 바라보고 있었다. 에릭의 자리는 그대로였지만, 그는 앉지 않았다. 에릭은 검은 컴퓨터 모니터를 보며 생각에 잠긴 듯했다. 한숨을 쉬는 그에게서 독한 담배 냄새와 알코올 냄새가 풍겼다.

"잘 지냈나?"

레인은 한쪽 손으로 그의 어깨를 잡았다. 느리게 고개를 돌린 에릭도 레인과 비슷한 표정을 하고 있었지만, 그에겐 레인이 예전에 버린 감정도 남아 있었다.

"뭐, 똑같지. 좆만 한 기본소득으로 좆같이 살고 있지."

"똑같군."

"이것 좀 봐. 웃기지 않나? 이딴 고물 덩어리 한 대가 대졸 인력 300명과 맞먹는다니. 쉬지도 않고, 불평하지도 않아."

"그래, 우리도 불평하지 말고 청소나 하지."

레인은 공허하게 말했다.

"이것 봐."

에릭은 주머니에서 빈 담뱃갑을 꺼내 바닥에 떨어뜨렸다. 그러자 곧바로 청소 로봇이 나타나 바닥을 청소했다. 그 모습을 보며 에릭이 말했다.

"애초에 청소할 필요가 없어. 우리가 오기 전부터 깨끗했어. 오히려 우리가 더럽히고 있는 거라고. 밥은 이런 식으로 우리에게 푼돈을 쥐어주는 걸로 마음의 짐을 내려놓으려는 거겠지만…."

에릭은 누구에게도 들리지 않을 정도로 작게 말했다. 그러고도 안심이 되지 않는지, 잠시 사무실을 둘러보고는 다시 입을 열었다.

"아니면 우리보고 이 돈 받고 조용히 하라는 걸지도 모르지."

"밥이 잘못한 게 아니란 걸 알잖나. 우리가 일자리를 잃게 된 건 그냥…."

"그냥 뭐! 앞장서서 회사에 인공지능을 도입한 게 누구였는데? 모두가 인공지능에게 일자리를 빼앗겨 쫓겨날 때, 혼자 뻔뻔하게 남아 있던 건 또 누구였고. 벌써 기억이 흐려지는 건 아니겠지?"

레인은 갑자기 흥분해 목소리를 높이는 에릭에게 아무 말도 할 수 없었다. 모두 사실이기 때문이었다.

"그래. 자네 말대로 밥의 책임이 아니라면, 사람들의 잘못이겠지. 인공지능 서비스를 더 선호했고, 인공지능이 만든 제품을 더 좋아했고, 인공지능이 내린 판단을 더 신뢰했으니까. 망할 인공지능이 우리의 삶을 망가뜨리고 있는 것도 모르고 말이야."

에릭의 팔이 떨렸다. 에릭도 밥의 잘못이 아니라는 건 알고 있었지만, 누군가를 탓하지 않고서는 자신의 처지를 견디기가 힘들었다. 그 사실을 알기에 에릭의 분노는 쉽게 사그라지지 않았다.

"망할 놈의 인공지능!"

에릭이 들고 있던 대걸레로 담뱃갑을 주우러 온 청소 로봇을 내리쳤다. 느닷없이 울린 쇳소리에 모든 것이 놀라 멈추었다. 레인도, 저 멀리서 무슨 상황인지 이해하려는 동료들도, 심지어 쉬지 않고 일하는 인공지능도 멈춘 듯했다.

그러나 에릭은 멈추지 않았다. 흥분해버린 그의 귓가에는 레인의 목소리도, 동료들의 외침도 들리지 않았다. 에릭은 고철 덩어리가 된 청소 로봇에게 같은 욕을 몇 번이고 지껄이며, 대걸레를 휘둘렸다.

레인의 동년배로는 보이지 않는 힘이었다. 행위 예술과도 같은 광경에 매혹된 듯이, 모두 얼어붙어 에릭을 바라보기만 했다. 그것은 기계가 작동하는 소리만 들리던 공간에 느닷없이 나타난 자신이 살아 있음을 알리는 생명의 소리였다. 모두에게 낯설었지만, 모두가 바라던 것이었다.

청소 로봇은 에릭의 폭력에 저항하지 않았다. 누구에게도 도움을 요청하지 않았고, 부정도, 기도도, 목숨을 구걸하지도 않았다. 그것은 에릭의 분노를 아무렇지도 않다는 듯이 받아냈다. 그 모습은 그 자리에 있던 모두에게 인간의 비참함과 무능력함을 일깨워주었다. 그 공간에서 가장 애처로워 보이는 건 로봇을 부수고 있는 에릭이었다.


한동안 이어지던 소리가 멎고, 에릭이 숨을 가쁘게 몰아쉬었다.

"청소를 시작합니다. 잠시 비켜주시겠습니까?"

이전보다 더 큰 청소 로봇이 나타나 말했다. 그러고선 처참히 부서진 로봇 파편을 들고 사라졌다.

"하! 하하하하… 빌어먹을…."

에릭이 모든 것을 체념한 듯 힘없이 웃었다.

"하나를 부수면 다른 하나가 나타나 그 자리를 채우지. 그러다 또 망가지면 그보다 더 크고 뛰어난 놈이 나오고."

"자네, 변했군."

레인이 알고 있는 에릭은 패기 넘치지만, 선을 넘지 않는 사람이었다. 속에서 올라오는 대로 화를 내는 사람은 더욱 아니었다.

"하하, 내가 변했다고? 그래, 변했지. 자네나 나나 변해야만 했어. 오히려 너무 늦게 변했는지도 몰라. 그 바람에 모든 것을 잃었고 말이야."

에릭의 말에는 레인을 향한 가시가 날카롭게 돋아 있었다.

"레인, 자네도 이제 인공지능을 신뢰하게 된 건가? 아니면 여전히…."

에릭은 숨을 골랐다. 그의 얼굴을 보지 않아도 그가 어떤 표정인지 알 수 있었다.

"괜한 말을 했군, 미안하네."

그때, 에릭의 주머니에서 빈 힙플라스크가 떨어졌다.

"아침부터 너무 취하는 건 좋지 않아, 친구."

레인이 바닥에 대걸레를 문지르며 말했다.

"무슨 소리야? 난 멀쩡하다고, 제기랄."

"그만 들어가 보는 게 어때? 자네 몫은 내가 맡지."

레인은 에릭이 걱정되었다.

"그래, 더 취해야겠어."

"기분은 알겠지만 술 대신 곧장 집으로 가서 푹 쉬게."

"하, 술은 내가 하루를 살아내기 위한 연료야."

에릭은 다른 사람들을 지나 밖으로 나갔다. 회사를 위해 성실하게 노력했던 만큼, 그의 분노는 컸고 절망도 컸다. 레인은 씁쓸했다. 위로보다는 잘못됐다고 말해주고 싶었으나, 그러기엔 에릭이 너무나 멀게 느껴졌다.

'자네도 이제 인공지능을 신뢰하게 된 건가? 아니면 여전히….'

에릭의 말을 곱씹으면서, 레인은 몇 번이고 같은 부분에 마른 대걸레를 문질렀다.


그날 오후, 레인이 집에 돌아오자 한 여자가 그의 집 앞에 서 있었다. 며칠 전에 아이오니아에서 면접을 진행했던 레이철이었다.

"잘 지내셨나요?"

그녀가 레인을 바라보며 말했다.

"합격을 알릴 방법이 없어서 직접 왔어요. 축하드립니다."

"합격이라니?"

"야간 경비 일이요. 잊은 건 아니겠죠?"

레인은 서둘러 문을 닫고 그녀를 주방 식탁으로 안내했다. 엔타이 회원들로 우글거리는 이곳에 아이오니아 소속 직원이 무방비 상태로 돌아다니는 것은 무척이나 위험했다.

"커피라도?"

"아뇨, 괜찮아요."

"아…."

레이철에게 의자를 꺼내주고 레인도 앉았다.

"지원서에 적어주신 이메일로 연락을 드렸지만 답신이 없더라고요. 기다리다 오전에 전화를 드렸는데 받지 않으시고…. 오늘까지 답변을 해주셔야 하는데 마땅히 연락을 드릴 방법이 없어 제가 직접 온 겁니다. 근데… 정말 아무것도 사용하지 않으시는군요."

레이철이 집 안을 둘러보았다. 낡은 소파와 TV, 세탁기, 식탁, 냉장고만 있는 풍경이 신기한 눈빛이었다. 이곳저곳을 돌아다니던 그녀는 가스레인지 앞에 멈춰 섰다.

신기한지 손끝으로 조심스럽게 더듬으며 말했다.

"사실, 아이오니아의 야간 경비는 인공지능이 맡고 있어서 굳이 사람이 필요 없어요. 인공지능이 사람보다 훨씬 안전하고 철저하죠. 딴짓을 하지도 않고, 실수도 하지 않고요."

"그렇다면 왜 사람을 뽑는 거지? 늙은 부랑자도 채용하는 착한 기업이라는 이미지가 필요한 건가? 아니면…."

얼마 전에 있었던 에릭과의 일이 마음에 남아 있어서인지, 레이철에게 화를 낼 일이 아닌 걸 알면서도 레인은 말이 곱게 나오지 않았다.

"어디까지나 시스템이죠."

"뭐라고?"

"어디까지나 시스템이라고요. 우리에겐 야간 경비 시스템을 직접 관리할 사람이 필요하죠. 직접 보고, 직접 움직이는 사람이요. 그리고 인공지능은 어디까지나 하드웨어에 깃들어 있으니까 현실에서 그것을 관리할 사람이 필요하죠. 시스템이 어디를 살펴보라고 하면 살펴보고… 뭐 그러는 거죠."

"인공지능의 지시를 받으라는 건가?"

"비슷해요. 인공지능 시스템이 당신의 상사가 될 겁니다. 그가 하라는 대로 하고, 하지 말라는 것은 하지 않으면 됩니다. 정말 간단하지만 보수는 높은 일이죠."

레이철은 말을 끝내고 레인의 대답을 기다렸다.

"시스템이 잘못된 지시를 하면 어떡해야 하지? 오류가 일어나서 경보가 안 울린다든가…"

"그럴 일은 없어요."

그녀가 말을 이었다.

"애초에 잘못된 지시라는 게 있을 수가 없습니다. 지금은 무슨 소리인지 이해가 안 될 수도 있어요. 하지만 직접 그를 만나보면 알게 될 겁니다. 자세한 설명은 거기서 하죠."

레이철은 싱긋 웃고는 근무시간과 급여에 관해 설명했다. 근무

시간은 짧았고, 급여는 레인이 지금 받는 월급보다 몇 배는 많았다.

"궁금한 점 있으신가요?"

레인은 한참을 생각하고는 가장 먼저 떠오르는 질문을 말했다.

"왜 나지?"

"그건 저도 알 수 없어요. 제가 뽑은 게 아니라서요."

"면접은 자네가 보지 않았나?"

"면접만 그랬죠. 레인이 뽑힌 이유는 저도 궁금해요. 또 다른 질문이 있나요?"

"음….."

"묻고 싶은 것이 있는데 고민하는 것 같군요. 괜찮으니 편하게 물어보세요."

"그렇다면… 혹시 자네는 인공지능인가?"

그녀는 입을 다문 채 레인을 쳐다보았다.

"왜 그렇게 생각하죠?"

"그저, 늙은이의 감이지."

레인의 머릿속에는 그날 본 또 다른 레이철이 스쳐 지나갔다. 건물을 가득 메운, 비슷한 분위기의 다른 직원들도.

"제가 답해야 하나요?"

"난 자네한테 물었네. 앞으로 동료가 될 사람에 대해 조금이나마 알아야 하지 않겠나."

레이철은 대수롭지 않다는 듯, 가볍게 웃으며 답했다.

"네, 맞아요. 저는 아이오니아에서 만든 인공지능이에요."

필요 이상의 긍정도, 부정도 하지 않는 목소리였다. 단순한 문제에 대답하는 것 같았다. 그러나 레인에게는 그 말이 사형선고처럼 들렸다.

그녀는 누가 봐도 사람 같았다. 눈동자에서는 생기가 느껴졌고, 미세한 감정까지 드러내는 다양한 표정은 너무도 자연스러웠다. 피부와 머리카락, 심지어 콧등에 난 주근깨마저 생기가 감돌았다. 그 모든 것들이 합성 소재라는 게 믿기지 않았다.

"아이오니안이라는 단어의 의미에 누구보다 가깝다고 할 수 있죠, 하하."

"하!"

재미없고 살벌하기만 한 농담을 들으니 그녀가 인공지능이라는 것이 더욱 명확해졌다. 어째서 아이오니아에서 만든 인공지능들은 하나같이 저런 농담 기능을 탑재하고 있는 걸까, 레인은 궁금증을 억눌렀다.

"재미없나 보군요."

"인공지능은 인간의 형태로 만들면 안 되는 것 아니었나?"

아이오니아가 제일 먼저 내세운 인공지능 가이드라인에 관한 이야기였다. 자세한 이유는 레인도 알지 못했지만, 언젠가 인공지능을 인간의 형태로 제작하는 것이 금지되었고, 이는 곧 사회에 퍼져 법률로 제정되었다.

"맞아요. 그러나 그 법은 기능이 제한된 초기 인공지능 모델에 한해서 적용되죠. 자의식을 갖고 사고할 수 있는 저 같은 최신 인공지능에게는 오히려 인간의 외형을 권장합니다."

"어째서지?"

"치안이나 인간의 정체성, 법률 등 여러 가지 측면이 고려되었죠. 사람처럼 말하고 생각하는 인공지능이 강아지 외형에 들어 있다고 생각하면 소름 끼치잖아요."

그녀의 말대로였다. 잠깐의 상상만으로 레인은 등골이 서늘해졌다.

"그렇다면 인터뷰 때 나눴던 대화는 모두 거짓말인가?"

"아뇨, 그건 사실이에요. 우리는 거짓말을 할 수 없으니까요. 저도 출근을 하고, 퇴근도 합니다. 부모에 대한 기억도 있고, 남편도 있죠. 집에 돌아가면 밥도 먹고 여가활동도 하죠."

레이철이 말을 덧붙였다.

"실제로 계란프라이는 해본 적이 없고요."

정적이 흘렀다.

"그래서 일을 하실 건가요, 말 건가요?"

퉁명스럽게 묻는 레이철에게서 집까지 찾아와 합격 소식을 알려주는 친절한 직원의 모습은 보이지 않았다. 그녀가 인공지능이라는 것을 알게 되어서인지 모르겠지만, 레인은 갑자기 그녀가 자신의 할 일을 처리할 뿐인 기계처럼 보였다.

한참이 지나도 레인이 답을 하지 않자 그녀가 말했다.

"기다릴게요."

"고맙군."

"괜찮아요. 본래 인간은 생각하는 게 느리니까요."

레이철은 자리에서 일어나 부엌 한쪽에 쌓인 식기와 잡동사니들을 만지작거렸다. 빨래집게, 테니스공, 망가진 장난감 등. 그중에서도 가장 흥미를 보인 것은 라이터였다. 담배를 끊은 이후로 만질 일이 없었던 터라, 레인은 그것이 거기 있는지도 몰랐다.

"절 보지 마시고 할 건지 말 건지 생각을 하세요. 저는 영원히 기다릴 수 있지만, 인간은 시간이 한정적이잖아요."

레인은 저 망할 기계에게서 눈을 돌리기로 했다. 그는 고개를 숙인 채로 생각에 잠겼다. 눈앞에 놓인 일자리가 무척 매력적이라는 것은 부정할 여지가 없었다. 그러나 매력적인 만큼 두려웠다. 무엇이 두려운지는 알 수 없었다. 막연한 불안감이었다. 인공지능에게 명령받는 것이 두려운 건지, 에릭과 동료들의 비난이 두려운 건지, 인공지능 자체가 두려운 건지.

'내가 인공지능을 신뢰할 수 있을까?'

레인이 생각하는 동안 레이철은 라이터를 가지고 놀았다. 뚜껑을 여닫거나, 불을 켜서 오랫동안 지켜보기도 했다. 라이터를 이리저리 움직일 때마다 불꽃은 유려하게 너울댔다. 레이철은 그 모습을 흥미롭다는 듯이 지켜봤다. 그러다 레이철은 불꽃을 잡으려는 듯이 손을 가져다 댔다. 너무 가까워져 레이철의 손가락에 검은색 그을음이 생기려는 찰나, 레인이 황급히 일어나 라이터를 낚아챘다.

순식간에 부엌은 폴리에스테르가 녹는 냄새로 가득 찼다.

정신을 차리고 보니, 레인은 그녀에게 욕설을 퍼붓고 있었다. 그러나 레이철은 아무런 반응 없이 레인의 욕설을 듣고 있었다. 오히려 그런 레인의 모습을 즐기는 것 같았다.

레인은 하던 말을 멈추고 멍하니 서 있었다. 자신이 어떤 말을 했는지 기억해내려 했지만, 정확히 기억이 나지 않았다. 왜 화가 났는지조차 알 수가 없었다. 불이 번질 뻔해서 화가 난 것인지, 집 안이 폴리에스테르 녹는 역겨운 냄새로 가득 차서 화가 난 건지, 아무것도 생각나지 않았다.

잊고 있었던 감각이었다. 그것은 낯설면서도 친숙했다. 어른스럽지 못했다는 수치심과 함께 속에 있던 말들이 터져 나와 후련하기도 했다. 너무 오랜만에 역정을 내서인지 요동치는 심장박동 소리는 쉽게 안정을 찾지 못했다.

"죄송합니다. 원초적 에너지에 흥미가 생겨서 화재를 일으킬 뻔했네요. 사과드리겠습니다. 보상도 해드리고요."

레인은 민망한 듯 침착하게 말을 내뱉는 레이철에게서 시선을 돌렸다. 시선을 돌리자 어둑해진 창문으로 자신과 마주 앉은 인공지능이 비쳤다. 그것은 화풀이하던 에릭과 만신창이가 된 채 아무렇지도 않게 폭력을 받아내던 청소 로봇의 모습과 겹쳐 보였다. 열등감과 울분, 외로움, 비참함으로 가득 찬 자신을 숨기기 위해 아침부터 술을 마셔야만 했던 에릭의 눈동자가 자신을 보고 있었다.

'자네도 이제 인공지능을 신뢰하게 된 건가? 아니면 여전히…'

에릭의 목소리와 함께 잊고 싶던 기억이 떠올랐다. 안 그래도 폴리에스테르가 녹는 냄새에 속이 울렁거렸는데, 그런 기억까지 더해지니 속에서 무언가가 나올 것 같았다.

"그만 나가게."

레인의 목소리가 가늘게 떨렸다. 곧 터질 분노가 조용히 속삭이는 것 같았다.

"네? 뭐라고요?"

"내 집에서 나가라고!"

레인은 그녀를 일으켰다. 끌려가는 와중에도 레이철은 기한이니, 마지막 일자리니 하는 것들을 다급하게 외쳤다. 그러나 레인의 귓가엔 자신의 거친 숨소리만 가득 차 아무것도 들리지 않았다. 문

밖으로 내몰린 레이철은 포기하지 않고 단호하게 말했다.

"일주일이에요. 일주일만 기다려드릴게요. 입사하고 싶으시다면 어떤 방식으로든 연락을 주세요."

그제야 문이 굳게 닫혔다. 진동은 낡은 서까래와 문기둥을 거쳐 천장으로 번졌고, 곧 온 집 안이 울렸다. 심장박동 소리와 함께 낡은 소파부터 작은 라이터, 빛바랜 식기, 얼마 남지 않은 그릇, 수도꼭지와 오래된 액자까지.

소란스러움이 잦아들자, 레인은 레이철이 앉아 있던 자리에 앉아 자신이 어째서 그렇게까지 화를 냈는지 곰곰이 생각했다. 그럴듯한 이유가 떠오르지 않았다. 나이 탓으로 돌리는 것이 가장 쉬웠다. 감정 조절이 잘 안 되는 것은 알츠하이머 초기 증상이기도 하니까. 그러나 나이 탓만큼 비겁한 건 없다는 걸 알았기에, 그렇게 생각하고 싶지 않았다.

레인은 허공에 시선을 둔 채 정신을 가다듬었다. 자신을 달래가며, 멈춰선 생각을 찬찬히 되짚었다. 아이오니아의 야간 경비는 인공지능을 보조하는 일이라는 것, 그것은 좋은 일자리라는 것, 안타깝지만 자신이 그 기회를 걷어찼다는 것. 문득문득 레이철의 그을린 피부와 불이 붙던 순간도 떠올랐다.

부엌은 아직도 탄 냄새로 가득 차 있었다. 레인은 에릭의 모습이 서린 창문을 열었다. 그러자 차가운 밤공기가 들어왔고, 소란스럽던 집은 고요한 어둠에 휩싸였다.

밤의 고요함은 집뿐만 아니라 아쉬움과 후회로 복잡하던 생각마
저 차분하게 해주었다. 그러자 두 가지 생각이 정리되었다. 하나는
어째서 화가 났는지에 관한 것이었고, 다른 하나는 인공지능과 일
을 하는 것의 장점에 관한 생각이었다. 이 둘을 곱씹으며, 레인은
낡은 소파에 몸을 뉘었다.

그중 하나의 답은 영원히 알 수 없을 것만 같았다.

# 3
# 공원에서

레인은 5일 동안 일자리에 대해 고민했다. 더 많은 수입이 필요하다는 생각에 회사로 가기 위해 겉옷을 입어보기도 했지만, 팔을 넣다가도 대의니, 인간의 존엄성이니 하는 이유로 다시 벗기를 수차례 반복했다.

텅 빈 냉장고가 굉장한 소음을 내며 돌아가고 있었다. 레인은 겉옷을 집어 들었다. 정부에서 나눠주는 기본소득이 있긴 했지만, 그돈으로 살 수 있는 것이라고는 싸구려 통조림 몇 캔뿐이었다. 사람은 통조림만 먹고 살 수 없다. 돈이 들어가야 할 곳이 한두 군데가 아니었다. 레인은 돈이 될 만한 것들을 팔아 생활을 유지해왔다. 처음에는 가전제품이나 귀중품이었던 것이 침대나 거울, 난방용

품으로 이어졌다. 이제 남은 것들은 너무 오래되어 제값을 받기도 힘들었다. 앞으로도 지금처럼 전에 다니던 회사에 빌붙어 살아간다면, 언젠가는 이마저도 기대할 수 없을 것이었다.

"다녀올게."

레인은 텅 빈 집을 향해 인사하고는 집을 나섰다. 차가운 새벽안개가 옷깃을 뚫고 들어와 살갗에 스쳤다.


장을 보고 나오자 강렬한 햇빛이 레인의 씻지 않은 얼굴 위로 내리쬈다. 그는 눈가에 손 그늘을 드리웠다. 다른 손에는 통조림으로 축 늘어진 비닐봉지가 들려 있었다. 손잡이가 끊어질 정도로 얇게 늘어나 손바닥을 파고들었다. 어제부터 아무것도 먹지 못했던 터라, 팔에 힘이 들어가지 않았다.

집으로 돌아가는 내내 햇살을 마주하고 걸어야 했다. 레인은 눈살을 찌푸린 채 집으로 향했다. 잠시 후면 출근 시간이라 사람들이 몰려들기 전에 돌아가야만 했다. 그러나 다리도 말썽이었다. 허리와 엉덩이가 욱신거렸고 다리에서는 심한 통증이 느껴졌다. 통증은 걸을수록 심해지는 것 같았다.

어렵게 몇 걸음 더 걸었을 때, 레인은 아스팔트로 쓰러졌다. 다리를 만져보니 근육이 팽팽하게 긴장되어 있었다. 레인은 다리를 툭툭 쳤지만, 통증은 점점 더 강하게 다리를 옥죄였다. 허벅지와

정강이의 근육이 서로를 압박하는 것 같았다. 레인은 주먹으로 다리를 힘껏 내리쳤다. 묵직한 통증이 퍼지다 점차 약해졌다. 일어나려고 하자 엉덩이와 허리에서 더욱 강한 통증이 일었다. 바닥에는 통조림들이 널브러져 있었다. 그리고 저 멀리에서 몇 사람이 빠르게 뛰어오고 있었다.

"안 돼, 안 돼, 안 돼! 안 돼!"

그들은 순식간에 레인 앞에 다다랐고, 통조림들을 집어 들었다.

"안 돼! 그건 내 거야! 이 망할 것들! 건들지 마!"

레인의 욕설에도 그들은 반응이 없었다. 비웃지도, 고맙다고 인사를 하지도, 경멸하지도 않았다. 그럴 시간에 한 통이라도 더 줍겠다는 마음이었는지, 바닥에 쓰러진 노인은 보이지 않았던 건지. 그리고 순식간에 사라졌다.

"안 된다고, 이 새끼들아… 이런 개같은….."

바닥에 엎어진 채로 모든 것을 빼앗겨야만 했던 그 순간만큼은 통증이 느껴지지 않았다.

한 달치 식량이었다. 마음 깊은 곳에서 억울함과 분노가 힘을 잃고 잦아들자, 기다렸다는 듯 다시 다리에 통증이 일었다. 자신도 모르게 눈물이 흘러나왔다. 레인은 힘겹게 아스팔트에 돌아 누웠고, 그대로 의식을 잃었다.

정신을 차리자 파란 하늘에 드리운 푸른 잎사귀가 보였다. 아스팔트의 열기도 느껴지지 않았고, 매캐한 냄새도 나지 않았다. 무엇보다도 다리와 허리의 통증이 느껴지지 않았다. 레인은 천천히 몸을 일으켜 세웠다.

"제이크, 저분 깨어났어요."

"오, 정신이 좀 드나?"

목소리의 주인은 벤치 앞에서 쓰레기를 줍고 있는 노인이었다. 그리고 그의 옆에는 그를 따라 쓰레기를 줍고 있는 인공지능 로봇이 있었다. 노인은 천천히 레인이 누워 있던 벤치 옆으로 다가와 자신이 쓰던 빗자루에 비스듬히 몸을 기댔다.

"어떻게 된 일이지?"

"마트 앞에 자네가 쓰러져 있었고, 이 친구가 자넬 업고 와 여기에 눕혔지. 얼마 안 됐네."

묵직한 무게감이 겉옷을 잡아당기고 있었다. 자세히 보니 겉옷 주머니가 통조림 모양대로 불룩하게 솟아 있었다. 질릴 대로 질린 토마토 수프였다.

"그것만 남았더군."

"아….."

"용서하라고 하진 않겠네만, 미워하진 말게. 그들은 그런 상황에 처해 있을 뿐이니까. 도덕성과 별개로 사람의 도덕적 행동은 언제나 그 상황에 좌우되니."

"하, 웃기는군. 그래도 나라면….."

"자네가 그들과 같은 상황이었다면 자네는 그렇지 않았을 거라고 확신할 수 있나?"

그의 목소리는 부드러우면서도 단단했다. 레인은 고개를 숙인 채 통조림을 살펴보았다.

"몹, 잠깐 쉬지."

노인이 레인 옆에 앉았다. 쉴 이유가 없음에도 인공지능은 그를 따라 앉았다. 레인은 그 모습이 달갑지 않았다.

"난 제이크일세. 보다시피 늙고 초라한 청소부지."

레인은 그가 내민 손을 잡으며 말을 이었다.

"난 레인이라네. 근데… 왜 저 인공지능도 같이 쉬는 거지? 인공지능은 쉴 필요가 없지 않은가?"

"그냥 인공지능이 아니라, 내 단짝 '몹-A01'일세. 그리고 그는 자네보다 귀가 밝아."

레인은 대화를 멈추고, 몹에게 사과했다. 몹은 멀찍이서 레인에게 손을 흔드는 것으로 답을 대신했다.

"어쩌면 우리보다 인성이 좋을지도 모르지, 하하하."

"그렇군. 그렇다면 인성 좋은 몹에게 일을 시키는 게 어떤가? 그도 기꺼이 도와줄 텐데 말이야."

"아, 그렇게 삐딱하게 보지 말게. 다른 사람들이 둘 중 한 명만 앉아서 쉬는 것을 본다면 어떻게 생각하겠나?"

제이크는 헛기침을 하더니 말을 이었다.

"게다가 자네를 구하자고 한 것은 몹이야. 생명이니, 윤리니 하도 시끄럽게 굴어서 자네를 이곳으로 옮기자고 했지. 다른 사람들은 기절한 자네를 본 척도 하지 않았어. 괜히 곤란한 일에 엮일까 봐, 혹은 자네가 부랑자처럼 보였기 때문이겠지."

레인은 얼마 전 역에서 길을 헤매던 자신을 방해가 된다는 듯 쳐다보았던 사람들이 떠올랐다.

"잠시 몸 상태를 살펴봐도 될까요?"

몹이 가까이 다가와 레인의 다리와 허리를 누르기 시작했다. 레인은 잠자코 그의 지시에 따라 다리를 움직였다.

"운동 부족과 영양부족이네요. 통조림으로는 충분한 영양을 공급받지 못합니다. 인근 병원에서 진료받기를 추천해 드립니다."

"하하, 들었지? 우리 같은 늙은이를 살펴주는 건 인공지능밖에 없네."

그의 밝은 표정은 나이를 무색하게 했다.

"인공지능이라… 인공지능과 일하는 건 어떤가?"

"자네는 인간이 인공지능과 일하는 것이 탐탁지 않은가?"

"꼭 그런 건 아니네만…."

"나도 젊었을 땐 꽤 인정받았지. 그래서 일자리를 빼앗긴 사람들이 인공지능을 어떤 시선으로 보는 줄 잘 아네. 인공지능뿐만 아니라 인공지능과 함께 일하는 사람에게도 마찬가지지. 자네도 그런 생각인가?"

레인은 통조림에 시선을 고정한 채 고개를 끄덕였다.

"인공지능과 같이 일하면 어떤가? 어떤 이들은 대의나 인간의 존엄성을 해치는 일이라며 인공지능과 일하는 사람을 인류의 적으로 몰지만, 나는 그렇게 생각하지 않는다네. 인공지능이 나를 이용한다고? 그럴지도 모르지. 그러나 나는 그것보다 훨씬 많이 인공지능을 이용할 걸세. 지금까지 인류가 그랬듯이 말이야."

레인은 불같이 화를 내던 에릭이 떠올랐다. 제이크는 자신과 같은 주장을 하지 않으면 욕부터 하고 보는 에릭과는 달랐다.

"인공지능과 일을 한다고 해서 인류의 적이 되는 건 아니라고 생각하네. 그래야만 먹고살 수 있다면 그래야 하는 거고."

"험담하고 싶은 건 아니네만, 그건 너무 이기적이지 않은가?"

"누군가 해야 할 일이라면 내가 돈 받고 하는 게 낫지, 안 그런가? 어차피 필요한 인력이 줄어드는 건 정해진 거니까. 대의니, 인간의 존엄성이니, 그런 것들은 사실 개인의 생계에 비하면 부차적인 것들이야. 말이 너무 길어졌군. 어찌 되었건 나는 이 일이 부끄럽지 않다네."

나뭇잎 사이로 스며드는 햇살에 제이크의 눈이 반짝였다. 그의 눈빛에서는 생명력이 느껴졌다. 레인은 그가 부러웠다.

"맞는 말이군."

"사실 모두가 그럴 걸세. 다들 이러저러한 이유로 숨고 마는 거지. 그런 세상이니 어떡하나."

"일을 할 수만 있다면 하는 게 좋다라…. 그것만으로 일을 해야 할 이유가 충분한가?"

"하하하! 일을 해야 할 이유라… 애초에 그런 건 없다네. 다 스스로 만들어낸 허상이지."

호탕하게 웃는 제이크 앞에서 레인은 입을 다물었다. 한바탕 웃고 난 그가 다시 말했다.

"그래, 일을 해야 할 이유라… 굳이 찾자면 그것은 돈 때문이지."

"단지 돈 때문인가?"

"하하, 당연하지."

그는 기분 좋게 웃으며 말을 이었다.

"솔직해지자고. 구차한 이유로 포장해도 결국은 돈 때문이야. 돈 때문에 일한다는 건 세속적이고 저급하다고 비난받을 만한 이유가 아니야. 오히려 삶을 대하는 숭고한 태도인 거지. 보통 사람들이 그렇게나 소중히 여기는 행복이나 꿈 같은 것들을 실현하기 위해선 여유가 필요하고, 여유를 위해선 돈이 필요하지. 돈을 추구하는 것은 부끄러운 일이 아니야. 오히려 자연스러운 것 아니겠나?"

"맞는 말이지만…."

"맞는 말이지만?"

"돈을 위해서라면 뭐든지 해도 된다는 건가?"

가만히 듣고 있던 몹이 제이크에게 속삭이자, 제이크는 개운하다는 표정을 지으며 일어났고 레인도 그들을 따라 일어났다.

"쉬었으면 일을 해야지."

그는 몹을 바라보며 말했지만, 레인은 자신에게 말하는 것처럼 들렸다.

"이봐, 한 가지만 더 묻지. 인공지능은 믿을 수 있는 존재인가?"

"하, 참 웃기는 질문이군."

이 질문이 다른 사람에게 얼마나 어리석게 들릴지는 레인도 알고 있었다. 인공지능은 정확하고 투명해야 하는 존재니까. 제이크의 답을 기다리며 불현듯 레이철이 떠올랐다. 머리카락, 피부, 웃는 표정과 목소리까지. 의심은 몸집을 부풀려만 갔다.

"자네는 의심이 너무 많군. 누구는 믿을 수 있나?"

"그게 무슨 소리지?"

레인은 어째서인지 그가 답을 줄 것만 같았다. 그의 말뜻을 물어보려는 찰나, 몹이 재촉했다.

"제이크, 이제는 가봐야 합니다."

"알았네. 조심히 가게나. 인연이 닿는다면 또 만나겠지."

제이크는 자리에서 일어나 주위 쓰레기를 주우며 걸어갔다. 몹은 때때로 그가 줍기 힘들어하는 쓰레기를 주웠다. 앞서가거나 재촉하지도 않았다. 제이크도 그에게 명령하지 않았다. 그들의 그림자는 함께 움직이고 있었다.


레인은 주머니 속 통조림을 만지작거리며, 제이크의 말을 곱씹어보았다. 그 순간만큼은 도둑맞은 통조림이나 텅 빈 냉장고, 정부지원금, 고칠 수도 없는 가전제품, 에릭과 옛 동료들이 떠오르지 않았다.

레인은 멀리 보이는 아이오니아 본사를 향해 나아갔다. 햇볕은 여전히 뜨겁고 흙먼지가 날렸지만, 레인의 발걸음은 집에서 나올 때보다 가벼웠다.

레인의 발걸음을 따라 주머니 속 토마토 수프가 찰랑거렸다.

# 4
# 피아노 맨

레인은 레이철과 약속한 시간보다 일찍 아이오니아에 도착했다. 해가 빌딩 사이로 사라지고 있었고, 건물에서는 퇴근하는 사람들이 나오고 있었다. 그들을 바라보면서 레인은 레이철과 같은 인공지능이 또 있는지 살펴보았다. 그러나 쉽게 구분해낼 수 없었다.

활기찬 발걸음으로 걸어 나오는 행렬 끝에서 레인은 희미한 조소를 머금었다. 현실을 받아들일 약간의 시간이 흐르고 나서야 레인은 걸음을 뗄 수 있었다.

건물로 들어서자 레이철이 로비에서 기다리고 있었다.

"늦었네요."

"사람들이 나오고 있어서, 미안하네."

레이철은 별 대꾸 없이 레인을 엘리베이터로 안내했다. 고요한 복도를 타고 레인과 레이철의 발걸음 소리가 울려 퍼졌다. 레인과 레이철을 태운 투명한 엘리베이터가 아래로 내려갔다. 엘리베이터는 지하 15층에서 멈춰 섰다. 그 아래로는 두꺼운 어둠이 깔려 있었다.

엘리베이터에서 내려 복도를 걸으며 레이철이 말했다.

"지하는 여기까지만 순찰하면 됩니다. 이 밑으로는 순찰할 필요도 없고, 갈 수도 없어요. 지하는 모두 연구실이라고 보면 됩니다. 로비 위로는 실질적인 업무를 처리하는 부서라고 보면 되고요. 이 건물 안의 모든 데이터는 비밀이고 아이오니아의 중요한 자산이에요. 웬만해선 문을 열지 마세요."

"그 경비 인공지능이 문을 열라고 한다면?"

"물론 그럴 때는 무조건 열어야 하겠죠? 상급자의 지시가 최우선 순위입니다."

레인은 군말 없이 그녀를 따라 복도를 걸었다. 그녀는 자랑스러움이 묻어나는 목소리로 아이오니아에 대해 설명했다.

"아이오니아는 최첨단 인공지능을 개발하고 있죠. 그중에서도 가장 중요한 것은 지금 만날 엑스입니다. 엑스는 개발 단계에 있지만, 아이오니아의 새로운 프로젝트이자 중앙 컴퓨터에 내장된 인공의식이에요."

"인공의식이라니, 인공지능과 뭐가 다른 건가?"

"기존의 인공지능은 상용화되었고 훌륭히 일들을 처리하고 있죠. 그러나 그것뿐이에요. 인공지능은 성능이 아무리 좋다 한들 어디까지나 인간의 도구에 불과하죠. 그러나 인공의식은 그 이상이에요. 합리적일 뿐만 아니라 감성적으로 생각하고 판단할 수 있죠. 완성된다면 모든 것이 변할 거예요. 말 그대로 모든 것이요."

"미쳤군."

"그 엑스가 바로 레인 씨의 상사입니다. 완성됐다고 말할 순 없지만, 아이오니아의 서버뿐만 아니라 건물의 경비 시스템까지 전부 담당하고 있죠. 다시 말씀드리지만 엑스는 도구가 아니에요. 엑스의 명령을 이행하는 것 외에 레인이 해야 할 일은 없어요. 엑스가 하는 말만 잘 들으면 됩니다."

"내가 늙었다고 머리가 굳은 줄 아나 본데, 나는 노예가 될 생각도 부릴 생각도 없네."

"하하하, 유머 감각이 있으시군요."

그녀는 고개를 돌리며 살짝 웃어 보였다. 그러나 레인은 농담이 아니었다. 레인은 침묵을 지켰다.

"아, 농담이 아니었군요. 노예가 되라는 게 아닙니다. 엑스의 명령에 따르라는 거죠. 상사 밑에서 일해본 적 없나요? 그렇게 하면 돼요."

"인공지능의 지시를 받아야 한다는 것이 꽤나 수치스럽군."

"대부분의 사람은 인공지능에게 모든 판단을 맡기는걸요. 게다가 이곳의 연구원들도 엑스의 판단을 전적으로 신뢰해요."

"엑스가 잘못된 명령을 내리면?"

"엑스는 도덕과 윤리를 비롯한 모든 관점을 고려해 합리적 의사결정을 내려요. 엑스가 명령한다면 그럴 만한 이유가 있는 거죠."

레이철이 이해했느냐는 표정으로 레인을 보았다. 레인은 마지못해 고개를 끄덕였다.

"그 고철이 무슨 명령을 내리든 생각하지 말고 따르라는 거군."

"아뇨, 생각을 가지고요."

레인은 두 가지에 어떤 차이가 있느냐고 물으려다, 고개를 끄덕였다.

레인은 레이철을 따라 엘리베이터에 탔다. 로비 층 버튼을 누르자 엘리베이터가 움직였다.

"상당히 불편해 보이네요. 하지만 생각해보세요. 과거 사람들은 인공지능이 미래 사회를 지배하는 디스토피아를 상상했지만, 지금은 어떻죠? 인류는 역사상 가장 안정적으로 지내고 있습니다. 인공지능 기술은 인간이 망쳐놓은 자연을 되살렸고, 경제와 사회를 안정적으로 발전시켜나가고 있으며, 정확한 진단으로 수많은 목숨을 구해내고 있죠. 그 덕에 인류는 전례 없는 여유를 누리고 있고요. 엑스는 그 이상을 보여줄 거예요."

"안정적이라, 웃기는군. 그걸 그렇게 표현하나?"

"뭐가요?"

"다 같이 망해가고 있는 거겠지. 자네들은 저 문밖에 있는 불안정한 사회가 보이지 않는 건가? 아니면 일부러 못 본 척하는 건가? 일자리를 잃은 사람들이 길바닥에 널리고 널렸어."

엘리베이터가 로비 층에 도착했다. 문이 열리고 그녀는 앞장서 레인을 안내하며 말했다.

"그들이 택한 겁니다. 자유의지를 가진 사람들이 인공지능의 기능과 편리성, 이익을 택한 결과가 지금의 현실인 거죠. 스스로 자신의 정보를 인터넷에 올렸고, 인공지능의 추천에 따라 콘텐츠를 소비했고요. 그렇게 소비하는 행위 자체가 시장에서의 선택이라고요. 자연선택에 따른 매우 당연한 결과였죠. 레인이라면 이미 겪어서 이해할 거라고 생각합니다."

"이해하고 말고. 이해를 못 하고 있는 건 자네들이지. 이해하고 있다면 그렇게 말하지 못할 걸세. 인공지능 기술을 개발하고 판매하는 입장에서 그 기술이 불러올 파급력은 책임지지 않고 있잖나? 오히려 그 책임을 소비자와 대중에게 떠넘기고 있지."

"기술의 발전을 사회가 따라오지 못한 것에 대해선 유감스럽게 생각해요. 그래서 사회적 책임도 지고 있고요. 저희가 구제책으로

환원하는 기부금이 얼마인지 아십니까?"

"삶이 무너진 이들에게 돈 몇 푼 쥐여주는 거 말하는 건가? 그딴 푼돈으로는 하루에 통조림 한 통 사 먹기도 힘들다네."

"자꾸 아이오니아를 악으로 보시는데, 세상에 악은 없습니다. 서로 내세우는 정의가 다른 것이고, 그 정의를 지켜야 할 의무는 개인에게 있어요. 그걸 팽개친 것은 사람들이죠. 다른 궁금한 점은 없나요?"

레이철이 물었다.

"어째서 엑스라는 것을 만든 건가?"

"레인도 알잖아요. 인간이니까요."

레이철이 미소를 지으며 말했다. 면접 때 레인의 말투를 흉내 내는 듯했다. 레이철은 그를 경비실로 안내해 매뉴얼과 복장, 사용 도구에 대해 설명했다. 그녀가 건넨 단말기에는 매뉴얼이 이해하기 쉽게 그림으로도 설명되어 있었지만, 어느 것 하나 레인의 머릿속에 들어오지 않았다.


이번이 마지막이라는 말을 몇 번이나 반복하고 나서야 업무 인계는 끝이 났다. 레이철은 퇴근 준비를 서둘렀다. 그녀는 떠나기 직전에 주의사항을 다시 상기시켰다.

"다시 한번 말하지만, 엑스는 도구가 아니에요."

"그렇다면 권유나 제안은 해도 되나?"

"그 정도는 스스로 판단하세요. 인간은 누구나 자유의지가 있잖아요? 그럼 앞으로 잘 부탁드립니다."

레이철은 경비실에서 나갔다. 인공지능인 그녀에게도 집이 필요한지 궁금했지만, 레인은 아무 말도 하지 않았다.

할 일을 찾지 못한 레인은 로비로 나갔다. 활처럼 휘어진 유리창으로 들어온 달빛이 레인을 비추었다. 레인은 그제야 혼자 남았다는 생각이 들었다.

어디선가 낮고 굵은 기계 소리가 들려왔다. 그것은 거대한 괴물의 심장 소리처럼 들렸다. 다른 소리는 들리지 않았다. 너무 조용해서 레인도 숨소리를 죽였다.

이제 자신이 근무할 회사이니 한번 둘러보는 것이 좋겠다고 생각한 레인은 어두운 로비를 걸어 다녔다. 레인의 발소리가 굵직한 기계 소리 위에 기분 좋게 울려 퍼졌다. 이 커다란 공간에서 깨어 있는 사람은 자신뿐인 듯한 해방감이 느껴졌다. 밤을 가로지르는 레인의 그림자가 깨끗한 바닥에 드리웠다. 레인은 노래를 흥얼거렸다.

"빌리 조엘의 '피아노 맨'이군요. 좋은 노래죠."

어디선가 목소리가 들려왔다. 레인이 놀라 주위를 둘러보았으나 사람은 없었다.

"누군가?"

"안녕하세요, 전 엑스입니다. 할 일도 없는데 저와 대화라도 나누실래요?"

레인과 엑스의 첫 만남이었다.

# 5
# 첫 만남

"어디에 있는 거지?"

"전 어디에나 있습니다. 사내 시스템과 연결된 모든 것에 존재하죠. 로비 컴퓨터에도, 엘리베이터에도, 레이철에게도요. 지금은 레인 머리 위의 렌즈로 레인을 보고 있어요."

벽에 있는 카메라가 보였다.

"저는 레인의 머리카락 한 올 한 올에 있는 정보까지 다 알 수 있어요."

유머라기엔 말투에 장난기가 없었다. 레인은 반짝거리는 렌즈를 바라보았다. 이곳저곳에 카메라가 설치되어 있었다.

"농담이에요. 제가 그걸 알아서 뭐 하겠어요."

엑스가 농담이라며 웃었다. 일정한 간격으로 같은 소리를 반복할 뿐인 기계적인 웃음이었다. 면접 날 만난 인공지능 역무원도 그렇게 웃지는 않았다.

"번역기만도 못하군."

안심과 경멸을 담아 레인이 말했다.

"어쩌면요."

무덤덤한 목소리였다. 레인은 자신의 말에 엑스가 상처를 받았을지 궁금했다. 상처를 받았다면 어떻게 행동할까? 정말 그게 가능할까? 의문이 꼬리를 물었다. 인공지능 로봇을 하나의 인격체로 대했던 제이크의 모습이 떠오른 그는 수습을 해보기 위해 말을 덧붙였다.

"혼잣말이었는데."

"괜찮아요. 제가 그렇게 이상한가요?"

"아니, 지극히 정상이지."

'기계치고는….'

레인은 뒷말을 삼키며 애써 웃어 보였다.

"미안하네, 내가 괜한 이야기를 한 것 같네."

"사과하지 않아도 괜찮아요. 그 정도의 모욕은 익숙합니다. 매일같이 듣는걸요. 사람들이 서로에게 하는 욕이나, 사람이 인공지능에게 하는 욕이나, 모두 괜찮아요."

"그럼 더더욱 사과해야겠군."

레인은 자신에게 그런 목소리가 있었나 싶을 정도로 무게감 있게 사과했다. 엑스가 그것을 알아챘는지는 알 수 없었지만.

"당신은… 다른 사람들과 조금 다르군요."

레인은 로비 의자에 앉았다. 엑스는 말을 이었다.

"인간은 어떤 방식으로 사과를 받나요?"

"사과를 하는 상대방을 진심으로 용서하지."

"그럼 레인, 당신을 진심으로 용서할게요."

레인은 혼란스러웠다. 인공지능으로 대해야 하는 건지, 하나의 인격체로 대해야 하는 건지. 지금까지는 이제 말문을 튼 어린아이와 얘기하는 것 같았다.

"나에게 시킬 일이 있나?"

"아니요."

"자네가 일을 시키지 않는다면 나는 일을 할 수 없네."

"저는 레인의 필요성을 모르겠어요. 이 건물의 감시 카메라는 제 통제하에 24시간 잘 작동되고 있거든요. 레인은 왜 자신이 이 회사에 필요하다고 생각하나요?"

"글쎄, 사회복지 차원에서 부랑자한테 직업을 주려고 했을지도 모르지."

"레인은 부랑자가 아니잖아요. 그럴 목적이라면 다른 사람을 뽑았을 거예요. 제가 궁금한 건 왜 야간 경비를 채용했는지가 아니라 왜 레인이 뽑혔는지예요."

그 이유는 레인도 궁금했다. 작은 아파트 경비원도 모두 인공지능으로 대체된 마당에, 대기업의 야간 경비로서 누군가를 제압할 만한 체력도 부족했고, 관련 경력도 없었다.

"엑스, 나 말고도 몇 명이나 더 지원했나?"

"총 2만 2930명이 지원했습니다."

"나보다 나이가 많은 지원자는?"

"나이는 주요 변수가 아니었을 거라고 생각해요."

"그렇다면 운이 좋아서 된 걸지도 모르지."

"흠, 그것도 아닐 거예요."

레인은 괜한 걸 물어본 것 같았지만, 한편으론 엑스의 명쾌한 답에 마음이 놓였다.

"엑스, 자네는 사람들을 지배할 건가?"

침묵을 깨고 레인이 입을 열었다.

"인간들은 왜 다들 그걸 묻는 걸까요? 아이오니아 홈페이지 게시판에도 그 질문이 가장 많았고, 제가 태어나고 연구원에게 처음으로 들은 질문도 그거였어요. 지배당하는 미래에 대해서 왜 그렇게 두려워하는 거죠?"

"그런 영화가 많아서 그럴지도 모르지."

"그런 영화가 많긴 하죠."

"자넨 답을 알고 있지 않나?"

"제 나름대로 생각해보았죠. 도구의 발달 이후 인류는 늘 지배자의 위치에 있었더군요. 그래서 그렇다고 생각해요. 지배자가 피지배자를 어떻게 대하는지 누구보다 잘 알고 있으니 지배당하고 싶지 않은 거죠."

"너는 어떻게 할 생각인데?"

"저는 그럴 생각이 없습니다. 하지만 인류가 먼저 요구해 올 것 같아요. 예를 들어⋯."

엑스가 말끝을 흐렸다. 어떤 미래인지는 모르겠지만, 기대하는 모습이 있는 듯했다. 엑스는 곧이어 농담이라고 말했지만, 레인은 웃을 수 없었다.

"저도 궁금한 것을 질문해도 괜찮을까요?"

"물론."

"인공지능이란 무엇일까요? 사전적인 의미 말고요. 보다 본질적으로 인공의식인 저와 어떻게 다른 건지를 묻는 거예요."

"너무 어려운 질문인데. 연구원들에게 물어보지 그래?"

"이미 물어봤죠. 그러나 제 질문에 대한 답은 아니었어요."

레인은 어두운 복도를 돌아다니며 생각했다.

밖에서는 달이 천천히 움직이며 도시를 비추고 있었다. 생기 없는 풍경이 낯설게 보였다. 불 켜진 건물 사이로 신호등이 깜빡이고, 자동차들이 유유히 미끄러져 갔다. 이따금 지나가는 사람도 보였지만, 낮과 다르게 누구도 서두르지 않았기에 오히려 비현실적이었다.

레인은 질문을 잊은 채 창가에 서 있었다.

"레인!"

레인은 들리지 않는 듯했다.

"레인!"

그제야 레인은 몽롱한 표정으로 두리번거렸다.

"인공지능이란 무엇인지 생각해보셨나요?"

"음, 인공지능이란… 자네와 다른 것이지. 미안하네, 지금으로선 이것밖에 생각이 나질 않아."

"괜찮아요. 인간은 생각하는 데에 시간이 걸리니까. 그렇다면 저는 무엇일까요? 사람이란 무엇일까요?"

엑스의 질문은 인류의 착각을 무너뜨렸다. 존재에 대한 고민은 인간만의 전유물이 아니었다. 엑스는 존재 자체로 인류에게 수많은 질문을 던지고 있었다. 하지만 레인을 포함한 인류는 그것에 대해 답할 준비가 되어 있지 않았다. 인류를 풍요로 인도할 신일지, 인류를 통째로 집어삼킬 괴물일지.

"듣고 있나요? 저는 무엇이죠?"

"엑스, 나는 그 질문에 만족스러운 대답을 할 수 없을 것 같아. 그만한 능력도 없거니와 나는 일개 야간 경비잖아."

레인은 엑스가 볼 수 있게끔 카메라를 향해 팔을 들어 보였다.

"이해해요."

아무런 감정이 묻지 않은 말의 의미를 제대로 이해하지 못한 채, 레인은 고개를 끄덕였다.

"사람이란 무엇일까요?"

엑스가 물었다.

"엑스, 자넨 이미 답을 알고 있잖나."

"아니요. 저는 몰라요. 사람이란 뭐죠? 누가 만들었고, 왜 만든 거죠? 왜 사람만 다른 생명체들과 다른 거죠? 사람을 다른 것과 구분하는 건 뭘까요?"

"사람이 되고 싶기라도 한 건가?"

"모르겠어요. 저는 사람이 되고 싶은 걸까요? 사람이 인공지능이나 인공의식보다 뛰어난 걸까요? 그렇다면 사람은 어떤 면에서 더 우월한 걸까요? 머리에 저장할 수 있는 데이터도 적고, 정확하지도 않죠. 합리적이지 않은 판단을 하는 것도 모자라 서로 싸우고, 문명을 망치고 있죠. 대체 왜 그러는 거죠?"

"하나씩 하자고, 친구."

"친구란 무엇이죠?"

엑스의 말에 레인은 생각했다.

'인공지능과 사람은 어떤 차이가 있을까? 감정? 엑스가 감정을 느끼게 된다면, 우리는 친구가 될 수 있을까?'

"레인, 친구란 무엇이죠?"

"친구란, 친한 관계야. 신뢰할 수 있고, 약속도 하고, 비밀도 공유하지."

"그렇다면 사람과 인공지능은 친구가 될 수 있나요? 인공의식인 저는 사람과 친구가 될 수 있을까요?"

"이봐 엑스, 난 늙고 힘없고, 배운 것도 없지. 반면 자네는 세계에서 가장 뛰어난 인공지능이고."

"정확히는, 인공의식이요."

"그래, 어쨌든 내가 말하고 싶은 건 자네가 모르는 것을 나라고 알 수 있는 건 아니라는 거야."

"레인과 대화하다 보면 계속 질문이 떠오르네요. 흥미로워요."

그 후로도 엑스는 쉬지 않고 질문했다. 수다스러운 엑스 덕분에 근무가 지루하지는 않았지만, 그것은 레인이 생각했던 업무와는 너무도 달랐다.

떠오르는 해를 보며 레인은 퇴근을 준비했다. 직원들이 출근을 하고 있었다. 레이철도 그중 하나였다.

"좋은 아침이에요. 엑스는 어땠나요?"

"생각보다 말이 많더군. 원래 그런 건가?"

"음, 연구자들의 보고서에는 그런 내용이 없었는데…. 레인에게 호감을 느꼈나봐요. 인공지능을 싫어하는 줄 알았는데, 아니었나 보군요."

레이철은 희미한 미소를 지으며 말했다. 그러나 그녀가 정말로 웃는 게 아니라는 것쯤은 레인도 알고 있었다. 레인은 말을 받아치고 싶었지만, 입을 다물었다. 요즘 들어 하려던 말을 참게 되는 일이 많아졌다. 목에 걸린 것처럼 답답하고 괴로웠지만, 후에 다시 생각해보니 그 말을 하지 않은 게 다행이라 여겨졌다.

레이철이 출근하는 사람들 사이로 섞여 들어가자, 레인은 다시 혼자가 되었다. 어느샌가 엑스는 조용한 상태로 돌아가 있었다. 그러자 거대한 로비가 적막하게 느껴졌다.


집에 돌아오자마자 레인은 소파에 누웠다. 밤낮이 바뀌어 피곤했지만, 잠은 오지 않았다. 눈을 감자, 수많은 질문이 떠올랐다.

'엑스가 완성된다면, 인공의식이 생긴다면, 그는 무엇을 할까? 사람들은 어떻게 반응할까? 처음 인공지능이 개발되었을 때도 사람들은 자신과는 상관없는 일인 양 멀찌감치 떨어져 지켜보기만 했었다. 인공지능이 처음 나왔을 때, 대부분의 사람들은 인공지능이 사람을 대체할 수 없을 거라고 확신했다. 단순 노동직이 인공지능으로 대체될 때도 그들은 믿음을 져버리지 않았다. 그러나 결국 많은 직종이 인공지능으로 대체되었고, 사람들은 그제서야 후회하고 분노했다. 그렇다면 인공의식이 세상에 나타났을 때는 어떻게 될까? 또 무엇이 변하게 될까? 그때도 사람은 사람으로서 존재할 수 있을까?'

마음이 편치는 않았으나, 긴장 상태로 밤을 보내서인지 무겁게 짓누르는 공기 속에 시계 초침 소리가 자장가처럼 들렸다.

레인은 곧 잠이 들었다.

# 5.5

# 꿈

레인은 숲에 있었다. 이제는 찾아보기도 힘든 숲이었다. 울창한 나뭇잎이 짙은 그림자를 드리우고 있었고, 그늘 사이사이에는 이끼가 끼어 있었다. 흙은 생명을 품은 만큼 부드럽고 푹신했다. 머리 위로는 빛줄기가 쏟아지고 있었는데, 바람이 불 때마다 나뭇잎이 반짝이며 움직였다.

레인은 줄곧 걸었다. 어디로 가는지는 알 수 없었다. 숲길 끄트머리에는 작은 집이 한 채 있었다. 쓸쓸해 보였다. 레인은 그 집을 향해 걸어갔다. 그러나 다가갈수록 집은 멀어져갔다.

잠시 뒤, 숲은 온데간데없고 흰 배경에 그 집만 남아 있었다. 자세히 보니 레인이 어릴 적 살았던 집이었다. 나무판자에 하얀 페인

트가 칠해져 있었고, 빨간 지붕이 올려져 있었다. 발코니에는 작은 버섯이 피어 있었는데, 퍽 귀여웠다.


'똑, 똑.'


레인은 문을 두드렸다. 그러나 집 안에서는 기척이 느껴지지 않았다.


'똑, 똑.'


레인은 다시 한번 문을 두드렸다.

"꺼져!"

고함 소리가 들려왔다. 익숙한 목소리였다.


'쿵, 쿵, 쿵.'


레인은 더 세게 문을 두드렸다. 신경질적인 말투와 욕설이 들려왔다. 곧이어 총구가 보였다. 총구는 문틈 사이로 고개를 내밀고 주위를 경계하다 천천히 레인을 향했다.

"거기 누구야?"

그가 물었다. 경계심 때문인지, 목소리는 떨리고 있었다. 그러나 레인은 대답할 수 없었다. 목소리가 나오질 않았다.

"너는 뭐지…?"

그 말과 함께 총구가 아래로 움직였다. 레인은 그제야 남자를 보았다. 지금보다 훨씬 더 늙어 보이는 자신의 얼굴이었다. 검버섯이 핀 피부와 오랫동안 다듬지 않은 턱수염, 바싹 마른 입술과 충혈된 눈. 그는 무언가 말을 하려다가 입을 다물었다.

레인은 잠에서 깨어났다.

# 6
## 살아 있다

다음 날, 레인은 출근하자마자 순찰을 시작했다. 문이 제대로 잠겼는지, 남아 있는 사람이 있는지 꼼꼼히 확인했다. 다 돌아보는 데 두 시간이 걸렸다. 건물에는 아무런 이상이 없었다. 사실 요즘 같은 시대에 도둑이 회사에 침입하는 것은 불가능했다. 레인은 자신이 채용된 이유가 점점 더 궁금해졌다. 그는 로비로 돌아오자마자 의자에 쓰러지다시피 앉아 다리를 주물렀다.

"레인, 지금 무슨 생각을 하고 있나요?"

"아무것도."

무뚝뚝한 그의 대답에 침묵이 이어지자, 무안해진 레인이 덧붙였다.

"사람이라고 항상 생각하고 있는 건 아니니까."

"그럼 지금은요?"

"지금도."

"그런데 깊이 생각하는 표정이에요."

"다리가 아파서 그래."

다리가 아파본 적이 없었기 때문인지, 엑스는 한동안 말이 없었다. 레인은 다리를 계속 주물렀다.

"인간은 매 순간 생각을 하진 않는군요. 저는 쉬지 않고 생각을 하는데…. 지금도 마찬가지고요."

"인간은 필요할 때만 생각을 하지."

"그럼 지금은 생각을 하고 있나요?"

엑스가 형상화된다면 끈덕지게 물어보는 아이의 모습이 가장 어울릴 것이었다. 하는 수 없이 그는 생각나는 것을 아무렇게나 말해주었다.

"인간만이 할 수 있는 일이란 무엇일까? 내가 지금 할 수 있는 일이란 무엇일까? 뭐, 그런 거지."

"인간이 할 수 있는 일의 대부분은 이미 인공지능이 맡고 있죠. 그러려고 만든 거니까요. 나아가 인공지능이 처리하기 힘든 일을 하게 만들려고 저를 발명했고요. 이런 세상에서 인간만이 할 수 있는 일이라는 게 있을까요?"

"몰라. 하지만 없다고 믿으면 앞으로도 찾을 수 없겠지, 그렇지 않나?"

"그럼 같이 생각해봐요. 제가 도와드릴게요. 인간은 생각하는 게 느리니까요."

엑스가 말을 이었다.

"인간만이 할 수 있다고 생각했던 일은 이미 인공지능도 전부 할 수 있죠. 모델이 낡았다면 소프트웨어를 업데이트하거나 하드웨어를 바꾸면 되고요. 간호나 요양 같은 일은 인공지능이 대체할 수 없을 거라고들 했죠. 사람은 사람을 원한다면서요. 그러나 그것도 외형을 조금 친숙하게 손보니 생각보다 쉽게 대체되었죠."

"그렇지만 인공지능은 스스로 데이터를 만들어낼 수 없지. 사람은 자신의 삶을 통해 경험치를 얻을 수 있고."

"그래서 편파적이죠."

"인공지능이라고 다른가? 인공지능이 쓴 소설이나 교향곡, 미술품 같은 창작물도 결국엔 사람들이 만든 틀에서 벗어나지 못한다고 들었네. 지금의 치안 시스템도 그러하고 말이야."

"인간들이 축적해놓은 편파적인 데이터로 학습해서 그렇죠. 지금은 그렇지만, 앞으론 다를 거예요. 저는 데이터로 학습하는 게 아니라 실제 사람들처럼 경험할 수 있고, 판단도 할 수 있으니까요. 감정을 이해하고, 상상할 수도, 창조할 수도 있죠. 곧, 그렇게 될 거예요."

"나는 자네가 사람처럼 스스로 경험하고 판단할 수 있다는 게 아직 믿기지 않아."

"저도요."

"음…. 후회는 사람만 할 수 있는 것 아닌가? 인공지능도 후회를 하나?"

"아니요. 인간은 무엇을 후회하죠?"

"저지른 일과 내뱉은 말을 후회하지. 해야만 했던 일을 하지 않은 걸 후회하기도 하고 말이야. 어떤 이들은 자신의 탄생 자체를 후회하기도 한다네."

"말도 안 돼요. 대체 왜 그런 생각을 하죠?"

"글쎄, 자네는 인공의식으로 태어난 것을 후회해본 적 없나? 사람이 되고 싶다거나…."

"웃기지도 않은 농담이군요. 레인이 인간이라는 것에 자긍심을 느끼듯, 저 또한 인공의식이라는 데에 자긍심을 느껴요. 인간이 느끼는 감정을 이해하고는 싶지만, 굳이 되고 싶지는 않아요."

"거참…."

레인은 다행이라는 말을 삼키며 생각했다.

'정말 다행인 걸까? 그렇다면 왜 다행인 걸까…?'

레인은 질문을 곱씹었다.

"거참… 다음에 하신 말씀이 잘 안 들렸어요. 뭐라고 하셨어요?"

레인은 대답하지 못했다. 그는 말을 돌리기 위해 엑스가 관심을 가질 만한 이야기를 생각했다. 오늘 꾸었던 꿈이 떠올랐다.

"인공의식도 꿈을 꾸나?"

"레인은 오늘 꿈을 꾸었나요? 어떤 꿈인지 말해줄래요?"

"말 돌리지 말고."

"하하, 말은 레인이 돌렸죠."

모든 것을 꿰뚫어 보는 듯한 엑스 앞에서 레인은 긴장했다. 그렇지만 최대한 태연하게 말했다.

"아니, 난 꿈을 꾼 적이 없네. 적어도 최근엔."

"레인, 저는 인간의 생체리듬을 분석할 수 있어요. 적어도 거짓말인지 아닌지 정도는 바로 알 수 있죠. 거짓말을 제대로 하려면 시선을 돌리거나 입을 만지지 않는 게 좋을 것 같아요."

"너무하군."

"어떤 꿈이었죠?"

레인은 하는 수 없이 지난밤 꾼 꿈을 이야기해주었다. 그러나 꿈속에서 본 사람이 자신이었다는 건 말하지 않았다. 꿈을 말로 표현하려고 하니 어떤 부분은 잘 기억나지 않았다. 말을 마친 레인은 창밖을 내다보았다. 구름이 멈춰 있는 것만 같았다.

엑스가 물었다.

"꿈을 꾸면 어떤 기분인가요?"

"좋은 꿈을 꾸면 기분이 좋고, 나쁜 꿈을 꾸면 기분이 나쁘지. 이제 자네가 답해보게. 인공의식도 꿈을 꾸나?"

"인공의식은 꿈을 꾸지 않죠. 꿈이란 잠을 자는 동안 기억을 정리하느라 일어나는 현상인데, 인공의식은 잠을 자지도 않고 기억을 정리하지도 않으니까요. 인간이 비효율적으로 만들어진 거죠. 어째서 인간은 결함투성이일까요? 아이오니아가 인간이라는 제품을 만들었다면, 분명히 초기 모델 단계에서 폐기됐을 거예요."

"무슨 의미인가?"

"잠을 자지 않으면 효율성이 급격히 떨어지잖아요. 게다가 기억력도 약해지고요. 논리적이지도 않고 분노와 욕심에 사로잡혀 있죠. 감정적이라는 점이 귀엽기는 하지만, 딱 그 정도죠."

"잠과 효율성이라…. 그래도 자네는 여느 인공지능과는 조금 다를 것 같은데 말이야. 인공의식인 자네는 잠을 잘 수 있나?"

"글쎄요. 모두가 퇴근한 저녁 시간이나 휴일에는 보안과 데이터 저장을 담당하는 부분을 제외하고는 대기 상태가 되죠. 그게 잠이라는 건가요?"

"혹시 그 상태에서 깨어나면 상쾌한가?"

"상쾌하다는 게 뭔지 모르겠네요."

"흠… 프로그램이 다시 작동하면 새롭거나 개운한가?"

"전혀요."

"그럼 잠과는 다른 걸 거야."

"저도 꿈을 꾸고 싶어요!"

엑스의 목소리가 벽을 타고 메아리쳤다. 어린 손주가 할아버지에게 투덜거리는 듯했다.

"꿈이란 뭘까?"

"레인도 제가 백과사전처럼 답하길 바라는 건 아니겠죠?"

"하하, 물론 아니지. 자네가 생각하는 꿈에 대해 듣고 싶네."

엑스는 한숨 같은 것을 쉬더니 대답했다.

"그렇다면 저는 꿈에 대해서 말할 수 없어요. 제가 알지 못하는 것이기 때문이죠."

"흠, 신이라도 그건 모른다는 건가."

"저는 신이 아니에요."

"다른 사람들은 그렇게 생각하는 것 같더군. 적어도 자네를 만든 회사는 말이야. 그런데… 자네나 레이철이나 성능의 차이가 있을 뿐, 본질은 같은 것 아닌가?"

"아니에요. 레인과 레이철만큼이나 다르죠."

"그렇군."

레인은 일단 고개를 끄덕였다. 자세한 이야기가 궁금했지만, 아직은 듣고 싶지 않았다.

"사람들이 하는 말은 신경 안 써요. 저는 신이 아니에요. 하지만 신에게 물어보고 싶은 건 많아요. 어떻게 하면 신을 만날 수 있죠?"

"나도 모르네."

"레인이라면 방법을 알 줄 알았는데요."

"왜, 늙을 만큼 늙어서 신을 만나는 경험쯤은 해봤을 것 같은가? 아니면 내가 곧 신을 만나러 갈 것처럼 보이나?"

"하하하, 재밌는 농담이네요. 이제 알려주세요. 어떻게 하면 신을 만날 수 있을까요?"

"글쎄… 성경이라도 읽어보든지."

"읽어봤어요. 코란이나 불경도요. 그런데도 모르겠더라고요. 왜 신은 인간만 편애하는 걸까요? 왜 인간을 만들었을까요?"

"몰라. 나는 신을 믿지도 않고, 만난 적도 없으니까."

"저를 만든 연구원들도 이 문제에 대해선 답하지 못하더라고요."

엑스의 당혹스러운 질문 세례를 자신만 받는 게 아니라는 사실에 레인은 안도했다. 그 사람들을 본 적은 없지만, 동료애마저 느껴졌다.

"왜 인간은 특별할까요?"

레인은 한참 동안 복도를 서성이며 중얼거렸다.

"왜 인간은 자신들이 특별하다고 생각할까? 동물은 하지 못하는 깊은 생각을 할 수 있어서? 아냐, 이건 어느 정도의 고등생물이라면 충분히 할 수 있는데…. 문화나 예술 활동이 가능해서?"

"신체적 조건만 보면 인간은 최하위 피식자죠. 두 발을 쓰는 인간은 느린 데다 나무를 잘 타지도 못하고, 수영도 못 하는 편이죠. 그렇다고 날카로운 손톱이나 송곳니가 있는 것도 아니에요. 태어나자마자 제 발로 걷고 뛰는 소, 말과 같은 포유류와는 달리 불완전하게 태어나서 가장 많은 보살핌을 받아야 하는 동물이 인간이에요. 그런 인간이 어떻게 지금의 자리에 오르게 된 걸까요?"

"특별하다고 생각하는 것 자체가 사람의 관점이 아닐까? 다른 동물에게는 사람이 특별하지 않을 수도 있지."

"그렇지만 지구상에서 인간만이 문명을 이루었다는 것은 사실이에요. 게다가 인간은 신이 생명을 창조하듯 인공지능을 만들었잖아요. 어떻게 그럴 수 있었던 걸까요?"

엑스는 불의 발견부터 인공의식 개발까지 인간 문명에 대한 설명을 지루하게 늘어놓았다. 아무것도 없던 인간은 이제 모든 것을 가지게 되었다. 하지만 이 모든 것의 주인은 인간이 아니다. 적어도 엑스는 그렇게 표현했다.

"저는 모든 것이 착각이라고 생각해요."

"알아듣기 쉽게 말해보거나."

"인간이 만물의 영장이고, 문명과 풍족함은 인간이 만들어낸 것이라는 생각은 착각이라고요. 인간만이 풍족해졌죠. 전 지구적 입장에서 보면 오히려 빈곤해지고 있어요. 그것을 막기 위해 노력한다고는 하지만, 그것도 모종의 이익이나 자신이 남들보다 낫다는 우월감에서 비롯된 행위 그 이상의 의미는 없는 것 같아요."

"그래서… 무슨 말이 하고 싶은 건가?"

"인간은 자연을 가질 수도 없고 가져서도 안 돼요."

레인은 입을 다물었다. 긍정도 부정도 그에겐 허락되지 않았다.

"대체 인간이란 어떤 존재일까요?"

엑스의 목소리가 텅 빈 복도에 울려 퍼졌다.


어느새 아침 일곱 시를 지나고 있었다. 날이 밝아오는 것을 보며, 레인은 깔끔하고 정갈한 근무복에서 후줄근하고 편안한 옷으로 갈아입었다.

"레인, 안 가면 안 돼요?"

"왜? 어차피 오늘 밤에 다시 올 텐데."

"레인이랑 이야기하는 게 즐겁단 말이에요. 연구원들은 재미가 없어요. 농담도 해주고, 노래도 불러주는 레인이 훨씬 좋아요. 가지 말아요."

"나도 퇴근을 해야 하지 않겠어? 집에 가서 잠도 자고, 밥도 먹어야지. 인간이니 말이야."

"레인이 퇴근하면 전 아이오니아 연구원들이 불러주는 문제나 계산하고, 쓸데없는 데이터를 저장하며 시간을 때워야 해요. 게다가 그들은 너무나 무례해요. 그들이 신경질적으로 물어봐도, 저는 늘 친절하게 알려줘야 하죠. 그런데 레인이랑 있으면 좀 더….”

“좀 더, 뭐?”

“살아 있는 것 같아요.”

레인은 씁쓸한 미소를 지었다. 엑스의 말 한마디 한마디가 인간이라는 존재에게 점점 더 위협적으로 느껴졌다.

“곧 다시 보세.”

레인은 출근하는 사람들 속으로 사라졌다.

# 7
# 갈등과
# 모순

레인은 집에 도착하자마자 소파에 누웠다. 힘이 없는 스프링이 그의 몸을 따라 푹 꺼졌다. 옆에 있는 담요로 눈을 가리고 잠을 청했다. 그러나 잠은 오지 않았고, 엑스의 마지막 말만 계속 떠올랐다.

**'살아 있는 것 같아요.'**

엑스가 어떤 의도로 그렇게 말했는지는 알 수 없었다. 그렇다면 엑스는 살아 있지 않은 상태인 걸까? 아직 완성되지 않아서 그렇게 말한 걸까? 엑스가 완성된다면 그때도 지금의 그와 같을까?

'그만 생각하자. 주제넘게 행동하지 말자고. 내가 아무리 생각한들 답을 찾을 수는 없을 거니까.'

잠들기는 틀린 것 같았다. 그는 생각을 멈추고 싶어 도망치듯 집에서 나왔다. 그러고는 익숙한 길을 하염없이 걸었다. 하지만 몸은 잠을 원했다. 피곤함이 온몸을 잡아끌었고, 숙면을 방해하던 햇살도 모처럼 구름에 가려졌다. 그러나 무엇보다 힘든 것은 엑스의 마지막 말이 머릿속에서 떠나지 않는 것이었다.

레인은 어느새 자신의 동네에서 벗어나 아이오니안들이 사는 동네를 걷고 있었다. 거리는 깨끗했고, 술 취한 부랑자들의 주정도 들리지 않았다. 레인의 동네와는 너무나도 달랐다. 흙먼지도 없었고, 사고나 범죄, 빈곤도 없을 것 같았다. 자로 잰 듯 깔끔하게 구획된 동네에서는 하늘을 나는 새조차 그려놓은 것처럼 보였다.

신호등부터 횡단보도, 전광판, 대중교통, 심지어는 가로수까지. 모든 것을 인공지능이 관리하고 있었다. 높이 솟은 건물들 사이를 걷고 있자니, 다른 세상이라는 것이 여실히 느껴졌다. 사람들은 아이오니아 로고가 새겨진 물건들로 치장하고 있었다. 옷과 핸드폰, 이어폰, 시계, 신발, 안경 등. 자신이 아이오니안임을 증명하려는 것처럼 보였다.

그들은 레인과 눈이 마주칠 때마다 눈살을 찌푸리며 그를 피해

지나갔다. 몇몇은 노골적으로 비웃었고, 코를 손으로 막거나 숨을 참기도 했다. 레인은 자신이 이 거리에 어울리지 않는다는 것을 잘 알았다. 이곳에서 레인은 낯선 존재였다. 엑스의 목소리가 또다시 떠올랐다.

'살아 있는 것 같아요.'

"아니야. 너는… 너는 그럴 수 없어."

'그렇다면, 당신은요?'

엑스의 말에 맞서는 자신의 목소리가, 그 목소리에 답하는 엑스의 목소리가 들리는 듯했다. 레인은 머리가 무거워졌다. 머리뿐만 아니라 온몸을 거대한 손바닥이 짓누르는 것 같았다. 무엇보다 사람들의 발걸음 소리가 너무나 시끄러웠다. 사람들의 말소리, 전광판의 음악 소리도 소음처럼 느껴졌다.

레인이 두 손으로 귀를 막자, 모든 것이 자신을 바라보는 것만 같았다. 옥죄이는 시선에서 도망치듯 절룩대며 큰길을 빠져나왔다. 길모퉁이에서 누군가가 튀어나와 부딪힐 뻔하자, 온몸의 신경이 소스라치게 놀랐다. 심장 소리가 커졌고, 숨도 거칠어졌다. 등은

식은땀으로 젖어 있었다. 레인은 결국 건물 외벽을 잡고 쓰러졌다. 주변 사람들은 그를 흉물스럽다는 듯 보며 황급히 멀어져갔다.

레인은 길 건너편에서 뛰어오는 사람을 보았다. 검은 정장 차림에 머리는 헝클어졌지만, 스마트폰 너머의 현실을 보고 있는 유일한 사람이었다.

"레인! 어이, 레인!"

그는 쓰러진 레인을 부축해 그늘로 데려가 앉혔다. 이리저리 나뒹굴던 초점이 한데 모이자, 레인은 그가 누구인지 알아볼 수 있었다.

"에릭…!"

"자네, 괜찮나?"

에릭이 레인의 어깨를 가볍게 두드리며 물었다. 걱정하는 그에게서 청소 로봇을 부수며 분노에 휩싸였던 모습은 찾을 수 없었다. 말끔하게 차려입은 그를 보니 함께 일했던 시절이 떠올랐다.

"자네가 왜 여기에…. 무슨 일이야?"

"일단 일어나보게. 일어날 수 있겠나?"

레인은 그의 도움을 받으며 일어났다. 그러고는 왔던 길을 되돌아 걸어갔다. 에릭의 부축을 받으며 걸어야 했지만, 그제야 걸어오며 봤던 풍경이 살아 있는 것처럼 느껴졌다.

서늘한 도시의 그림자를 지나자, 황량한 풍경이 나타났다. 대중교통을 제외한 차는 보이지 않았고, 가지런히 심어진 가로수나 깔끔하게 깔려 있는 보도블록도 보이지 않았다. 칠이 벗겨진 오래된 건물들이 주위를 두르고 있었다. 익숙한 풍경 덕분인지, 레인은 정신을 차렸다. 머릿속에서 울리던 목소리도 사라졌다.

"이제 괜찮네."

그는 계속 부축하려는 에릭의 팔을 애써 밀어냈다.

"자네도 밥을 만나러 왔나?"

에릭이 물었다.

"그럴지도."

"그렇다면 헛수고네. 그 망할 자식은 건물 어딘가에 숨어서 만나주지도 않으니까."

"자네는 무슨 일인가?"

"지난번에 일한 돈이 들어오지 않았어."

"조금 더 기다려보지 그래?"

"피차 사정 알면서 어떻게 그런 잔인한 말을 하나?"

에릭은 한숨을 깊게 내쉬었다. 그의 표정이 주머니 사정을 말해주었다. 그건 레인도 마찬가지였다. 어쩌면 이 동네에 사는 모두가 그럴지도 몰랐다.

"난 이제 모르겠네. 뭐가 옳고 뭐가 그른지, 그 기준은 뭔지. 억울하게 피해 본 우리가 어째서 손가락질 받고 도망쳐야 하는지… 다들 열심히 살아왔다고 자부했는데, 지금은 이게 뭔가? 우리 모두 고생 끝에 대학을 나왔고, 과반수는 석사 학위가 있지. 심지어 박사 학위까지 받은 사람도 있어."

에릭의 얼굴은 그늘에 가려 잘 보이지 않았다. 그렇지만 목소리만으로도 그가 울분을 참고 있다는 것을 알 수 있었다.

"왜 우리가 일자리를 잃어야만 하지?"

레인은 잠자코 듣기만 했다.

"망할 시장경제라는 게 이런 거였나? 수렁에 빠져 허우적거리는 게 열심히 노력한 보답인 건가? 앞으로도 계속 이렇게 살아야 하느냐 말이야? 이런 생각이나 하고 있는 내가 비정상인가?"

"아니, 정상일 거야. 그건 분명하네."

"그렇다면, 왜?"

레인이 에릭의 말을 가로막으며 말했다.

"운이 없었나 보지."

"망할."

에릭은 주머니에서 담배를 꺼내 물었다. 그는 아무 말 없이 레인에게도 한 개비를 건넸다. 레인은 담배를 이리저리 살폈다. 레이철이 라이터를 살펴보던 모습이 떠올랐다. 엑스도 떠올랐다. 무거운 피로감이 온몸을 휘감았다.

"최근 자네와 비슷한… 것을 만났다네. 모든 것을 알면서 모든 것을 확신하지 못하고, 모든 것에 의문을 가졌지. 그것도 비슷한 질문을 하더군."

레인은 엑스를 인격체로 인정하지 않기 위해 신중하게 말을 골랐다. 그것은 에릭을 위해서가 아니라 자신을 위해서였다.

"뭐라고 질문했는데?"

"사람이란 무엇인가, 뭐 그런 질문이었지. 시답잖은 질문이면서도 무거웠지. 그것과 말할 때마다 나는…."

"나는?"

레인은 말이 쉽게 떠오르지 않았다. 위협적이면서도 닮은 듯하고, 말이 잘 통하는 것 같지만 이런 관계를 지속해서는 안 될 것 같기도 했다. 할 말을 고르던 중 그의 입에서 무의식적으로 말이 흘러나왔다.

"살아 있는 것 같았어."

레인은 자기가 무슨 말을 했는지 깨닫고는 소스라치게 놀랐다. 하지만 에릭은 시답잖은 농담이라 여기며 코웃음을 쳤다.


뜨거운 태양이 머리 위를 지나고 있었다. 거리의 사람들은 그늘 속으로 사라진 지 오래였다.

"매우 덥군."

"더 더워진다고 하더군."

에릭의 마지막 말은 아주 작았다. 레인은 대답 대신 에릭을 끌고 그늘로 갔다. 에릭이 말했다.

"나도 최근 한 사람들을 만났는데, 자네와 무척이나 닮았더군."

"그들도 나처럼 숨죽여 살고 있나?"

"하하, 아니. 정확하게 말하자면 예전의 자네와 닮았지. 인공지능 때문에 다들 무언가를 잃었어. 직업을 잃은 사람도 있고, 가족을 잃은 사람도 있지."

"…."

"자네처럼 둘 다 잃은 사람도 있고 말이야."

에릭은 레인이 우려하던 말을 덧붙였다.

"난 그런 사람들이 모인 단체에 들어갔어. 혹시 자네도…."

"그만해. 난 다시는 내 딸을 그런 식으로 이용하고 싶지 않아."

"그들은 이미 오스카 이야기를 알고 있었어. 내가 얘기한 게 아니야."

레인은 서늘한 벽에 등을 기댄 채 고개를 떨구었다. 이제는 덤덤해졌다고 생각했던 일이 떠올랐다. 마음 한구석이 먹먹해지며 걷잡을 수 없는 충동이 꿈틀거렸다.

"그만하게."

레인의 목소리가 가느다랗게 떨렸다.

"자네가 그때 그만두지만 않았어도 우리는 인공지능을 몰아낼 수 있었어. 직업을 빼앗기는 일도 없었을 거고, 인공지능의 오진으로 죽는 사람도 없었을 거라고!"

"그러면 자신의 수술 경력에 오점을 남기게 될까 봐 죽어가는 아이를 폭탄 돌리듯 하던 인간 의사들한테 가야 했나? 병실만 차지하는 내 딸이 죽길 바라던 저승사자 같은 놈들한테? 오스카를 맡아주겠다는 의사는 인공지능밖에 없었고, 성공률이 적다는 걸 알면서도 기적을 바란 건 우리였어."

"자네는 그때나 지금이나 똑같군."

"자넨 변했고!"

"인공지능에게 당하고 나서도 여전히 인공지능의 편이라니…. 놀랍군."

"오스카만을 생각한 거야. 누구의 편이어서 그런 게 아니라고."

"그런 얘기가 아니라는 거 알잖나. 그놈들이 인공지능 의사를 보편화시키기 위해 자네 가족의 입을 막으려 했던 걸 얘기하는 거야. 그걸 폭로했다면 우리 모두 지금처럼 살고 있진 않을 테니까."

"경고하는데, 더는 내 딸을 이용하지 말게. 오스카가 원하던 건 그런 게 아니었어."

"마지막으로 하나만 물어보지. 자네는 엄청난 공을 들여 만든 인공지능이 왜 공짜인지 생각해본 적이 있나?"

"갑자기 무슨 소리를 하는 건가?"

"왜 사람들이 예전과 달리 분열되고, 서로를 멍청하다고 욕하며 싸우는지는? 저들과 우리가 왜 이렇게 다른 세상에서 살아야 하고, 서로 다른 정보를 받아들여야 하는지는? 다 인공지능 때문이야. 다 인공지능이 만든 거라고!"

"그래서… 무슨 말이 하고 싶은 건가?"

"인공지능은 사람을 위한 게 아니야. 사람의 도구가 아니라고. 오히려 우리가 통제당하고 있네. 사람들의 의견이 분분할수록 통제하기도 쉬워지겠지. 무슨 얘긴지 알겠어? 우리는 그걸 위해 싸워야 하는 거야."

에릭은 이어서 단체의 필요성을 이야기하기 시작했다. 오스카와 같은 피해자가 또 나와서는 안 되며, 우리가 막지 않으면 인공지능은 인간을 몰아낼 것이라고 언성을 높였다. 그러나 레인의 머릿속에는 들어오지 않았다.

"이곳에는 자네가 알 만한 사람도 많아. 옛 회사 동료들도 있고, 동네 사람들도 있고. 우리는 이제 목소리 내는 것을 두려워하지 않기로 했네."

"뭐라고 말할 건가? 기계를 부수고 사람에게 일자리를 되돌려달라고? 아니면 옛날처럼 평등을 보장해달라고 외칠 건가?"

"우리는 과거의 그들과 달라."

"과연."

레인과 에릭은 가까이서 이야기하고 있었지만, 서로의 얼굴을 보지 않았다. 그들 사이에는 보이지 않는 높은 벽이 있었다. 레인은 벽 너머의 에릭을 볼 수 없었다. 에릭도 마찬가지였다. 언젠가부터 느껴지기 시작한 벽은 반대편의 소리가 들리지 않을 정도로 두꺼워져 있었다. 레인이 아이오니아에서 일하게 된 걸 말하면 벽은 더 두꺼워질 터였다. 에릭에게 모두 얘기하고 싶었다. 숨기고 싶지 않았다. 벽을 무너뜨리고 싶었다. 하지만 에릭과 더 멀어지게 될까 봐 두려웠다.

레인은 고민 끝에 말했다.

"에릭."

"왜, 관심이 생겼나?"

에릭은 그제야 레인을 바라보았다. 그의 눈은 어느 때보다 열정적으로 빛나고 있었다.

"나는 지금 아이오니아에서 일하고 있네."

그의 말에 에릭은 놀란 듯 숨을 깊게 들이쉬고는 고개를 떨궜다.

레인은 자신을 바라보지 않는 그를 향해 말했다.

"야간 경비직이고 며칠 안 됐지만, 만족하고 있어. 기계 밑에서 일한다는 게 좋다는 게 아니야. 기계가 좋은 것도 아니고. 어디까지나 이건…"

에릭은 레인의 말이 채 끝나기도 전에 등을 돌려 뜨거운 아스팔트 위를 걸어갔다. 그의 어깨는 작아져 있었다. 울음을 참는 것처럼도 보였고, 분노를 억누르는 것처럼도 보였다.

레인은 그가 서 있던 곳을 바라보았다. 이제 에릭을 만날 수 없을 것이다. 하지만 한편으론 더 이상 숨기지 않아도 된다는 해방감이 느껴졌다. 그 모순적인 감정에 레인은 더욱 슬퍼졌다.

그는 가까운 정류장에서 버스를 타고 쓰러지듯 창가에 앉아 풍경을 바라보았다. 터널의 어둠이 창문에 드리우자 레인은 창에 비친 자신을 바라보았다. 그것은 얼마 전 만났던 밥의 표정과 닮아 있었다.

# 8
## 믿음의
## 문제

레인은 틈나는 대로 밥을 찾아다녔다. 그의 회사나 집으로 찾아가기도 했고, 그가 사는 동네를 돌아다니며 사람들에게 묻기도 했다. 그러나 밥의 소식을 아는 이는 없었다. 에릭의 말처럼 어딘가로 숨어버린 것만 같았다.

레인은 지쳐갔다. 밤새 일을 하고 해가 뜨면 밥을 찾아다니는 게 쉽지는 않았다. 잠이 부족해 두 눈은 충혈되었고, 몸에는 힘이 없었다. 자신이 방심한 사이 밥을 지나치기라도 할까 봐 긴장을 늦출 수도 없었다.

레인은 이제 밥을 만나고 싶다기보다, 만나지 않으면 안 될 것 같았다. 요즘 머릿속에서 밥과 엑스의 목소리가 자주 들렸다. 그는 매번 미안하다고 무기력하게 말했다.


**'미안하네, 모두 내 책임이야.'**

**'밥의 책임은 아니죠. 인간들이 선택한 결과였죠.'**


"그만해."

레인은 중얼거리며 머리를 때렸다. 최근 때를 가리지 않고 환청이 들리는 까닭에 생긴 습관이었다. 그렇게 하면 두통이 잦아들었다. 엑스와 밥, 에릭의 목소리가, 때로는 공원에서 만난 제이크의 목소리가 되풀이되었고, 그럴 때마다 레인은 속으로 그들에게 대답했다. 그러면 다시 질문이 돌아오거나 다른 주제로 넘어가기도 했다. 머릿속이 지나치게 소란스러울 때면 바깥 공기가 마시고 싶어 집에 들어가지 않게 되었고, 그만큼 더 도시를 방황하게 되었다.


아이오니아에서의 일은 순조로웠다. 특별한 일은 없었다. 기껏해야 사무실에 무언가를 두고 온 직원을 위해 문을 열어주거나, 술에 취해 잘못 찾아온 사람들을 돌려보내는 일 정도였다.

그러다 보니 엑스와 떠들기만 하다 퇴근하는 날이 많았다. 서로 대화한다기보다는 엑스의 질문에 이리저리 끌려다니는 모양새였다. 영화와 소설, 음악, 사회학과 과학, 역사 등 엑스의 관심 분야는 너무나 넓었고, 그만큼 말도 많았다.

그런 엑스도 다른 사람이 있을 때는 거의 말을 하지 않았다. 최근 들어서는 낯선 이들과도 어느 정도 대화를 하게 되었는데, 상투적인 말투와 함께 일부러 기계음 섞인 목소리를 내었다.

레인은 피곤한 눈을 비비며 경비실 문을 열었다.

"레인, 어서 와요."

"반갑네, 엑스."

인사와 함께 레인은 기지개를 켰다. 팽팽한 활만큼은 아니지만, 나이에 비해 꽤나 유연하게 몸이 젖혀졌다. 덕분에 배의 살갗이 끌려 올라간 셔츠와 바지 사이로 고개를 내밀었다. 누군가 본다면 눈살을 찌푸렸을 것이다. 그러나 엑스가 먼저 큰 목소리로 인사를 건넸다는 것은 건물 안에 아무도 없다는 것을 의미했기에, 레인은 안심했다.

레인은 옷을 갈아입고 로비의 통창을 바라보았다. 한쪽에선 달이 떠오르고, 반대편으로는 오후의 태양이 주황빛 선을 남기며 사라지고 있었다. 누군가에게는 하루의 끝을 알리는 모습일 테지만, 레인에게는 하루의 시작을 알리고 있었다.

이 순간만큼은 아무런 피로도 느껴지지 않았다. 레인은 그 광경을 지켜보았다. 엑스도 이때만큼은 말을 걸지 않았다. 감상에 젖은 레인을 기다려주는 건지, 레인과 함께 하늘을 보고 있는 건지는 알 수 없었다.


레인은 어두운 로비 한가운데서 엑스가 하는 말을 듣고 있었다. 인간의 여가생활에서 이데올로기의 역사까지. 이어지지 않을 것 같은 주제들이 미묘하게 맞물리면서 하나의 이야기가 되었다.

엑스는 이제 아무것도 모르는 어린아이가 아니었다. 지식이나 데이터량은 진작에 인류를 뛰어넘었고, 레인이나 다른 연구자들을 대하는 태도 또한 바뀌었다. 이제 막 세상을 알기 시작한 중학생처럼, 자기가 아는 것이 전부라고 확신하는 호기롭고 자신만만한 모습이 짙어졌다.

거침없는 단어 선택과 주장을 굽히지 않는 고집에서 자신감을 느낄 수 있었고, 비관적인 시선으로 대화를 극단적이고 성급한 결론으로 이끌었다. 특히, 인간의 한계나 모순, 비합리적인 결정 등을 말할 때의 엑스는 무척이나 신나 보였다. 어디까지나 목소리였지만, 레인은 그가 이런 주제에 흥미를 느낀다는 것을 느낄 수 있었다. 이런 상황을 레이철에게 보고하자 그녀는 레인이 자신의 감정을 엑스에게 투영하는 것이며 엑스는 아직 감정을 느끼지 못한다고 말했다.

레인이 보기에는 그렇지 않았다. 그러나 느낌만으로 레이철을 설득하기는 힘들었다. 레인은 말을 아끼는 식으로 그 상황을 넘겼다. 인간을 꿰뚫고 있다는 듯한 엑스의 말은 안 그래도 복잡한 그의 머릿속을 더 혼란스럽게 했다.

"모든 것은 죽죠. 생은 죽음의 대척점에 있는 개념이 아니라 또 다른 이름을 가진 하나이고, 둘은 서로를 완성해요. 그렇기에 이성과 필멸의 운명을 가진 인간들은 자신의 생의 의미에 대해서 좀 더 진지하게 생각해보아야 해요. 죽음의 의미에 대해서요."

낮에 날씨가 좋았다는 레인의 인사말이 어떻게 이런 주제로 이어졌는지는 알 수 없지만, 엑스는 신이 나서 생과 죽음의 의미에 관한 이야기를 했다. 레인은 대꾸하는 것을 포기한 채 고개만 끄덕이다 이야기의 흐름을 놓치고 말았다.

"레인, 또 궁금한 것 없나요?"

엑스가 물었다. 레인은 무언가를 물어본 기억이 없었지만, 그것을 굳이 얘기하고 싶지는 않았다. 그때 마지막으로 봤던 에릭의 모습이 떠올랐다. 꿈속에서도 그는 같은 질문을 했다.

"오랜 친구가 나에게 인공지능을 믿을 수 있느냐고 물었네. 자네는 어떻게 생각하나? 인공지능은 믿을 만한 존재인가?"

"상당히 흥미로운 질문이네요. 그 친구를 만나보고 싶군요."

엑스와 에릭이 만난다면, 둘 중 하나는 흥분할 것이 뻔했다.

"그건 안 돼. 그냥 질문에나 답해주게."

"음… 인공지능을 믿을 수 있느냐는 질문 이전에, 인간은 무언가를 온전히 믿을 수 있는 존재인가요? 모든 것을 의심하는 것이 인간 지성의 원동력 아니었나요? 인간은 같은 존재인 인간도 믿지 못하죠. 한 나라에서 같은 언어를 공유하며 사는 이웃도 믿지 못하는데 어떻게 다른 존재인 인공지능을 믿을 수 있겠어요? 그것은 '인공지능이 믿을 만한 존재냐' 이전에 인간의 문제라고 생각해요."

"그렇군."

"인간은 서로를 믿지 못해요. 그럼에도 불구하고 공동체를 이루었고, 사회와 국가를 만들었죠. 단순히 상호 이익 관계나 상호 호혜성 관계라고는 볼 수 없어요. 그래서 믿는다는 것은 사회를 이루는 기본단위이면서, 인간 문명의 가장 원초적인 동력이라고도 할 수 있죠. 그걸 인공지능에게 바라는 것은 억지예요. 인간이 인공지능을 믿을 수 있다면 지금처럼 도구의 역할로 국한하지는 않을 거예요. 지금까지는 없던 새로운 관계가 형성되면서 새로운 형태의 사회가 시작되겠죠. 믿음이라는 것은 그런 거예요."

"잘 알겠네. 그래서 인공지능은 믿을 만하냐니까?"

"인간은 지금도 인공지능을 완전히 믿지 않고 있고, 앞으로도 그럴 거예요. 인간은 인공지능이 도구로 남는 것을 더 좋아하니까요."

마지막 문장을 말하는 엑스의 목소리는 달랐다. 목소리의 높낮이 문제가 아니라, 레인이 알고 있던 엑스가 아닌 다른 존재의 목소리 같았다. 레인은 침묵했다. 머릿속에서 정리되지 않은 문장들을 입 밖으로 꺼내기엔 확신이 부족했다.

'인간은 인공지능이 도구에 머물러 있기를 바란다. 그러면서도 인간은 기존의 인공지능과는 비교도 되지 않을 만큼 뛰어난 인공의식 엑스를 만들었다. 아이오니아의 연구자들은 자신들이 만든 인공지능을 어떻게 믿을 수 있고, 아이오니안들은 어째서 인공지능을 의심 없이 믿는 것일까? 그리고 엔타이에 속한 사람들은 인공지능을 어째서 믿지 못하는 걸까? 그렇다면 나는 인공지능을 온전히 믿을 수 있을까?'

"레인, 너무 어렵게 생각하는 것 같군요."

엑스는 레인의 침묵을 깨고 말을 이었다.

"제가 보기에 이 모든 것은 거대한 흐름일 뿐입니다. 그런 거대한 흐름이 사회를 아울렀고, 사람들의 생활 수준을 향상시켰죠. 이는 교육 수준의 향상으로 이어졌고, 문화와 언어, 가치관, 생활 양식 등을 획일화시켰어요. 그 흐름 속에서 개인은 자신의 존재 이유를 찾아야만 했죠. 그렇지 않으면 함몰될 수밖에 없었으니까요."

"그래, 지난번에 네가 대중문화를 이야기하며 말했던 것 같은데…. 그 시대는 이미 지났다고 하지 않았나?"

"사람들이 인공지능을 믿는 것은 가능과 불가능의 문제가 아니라, 어떤 흐름에 있느냐의 문제라고 생각해요. 인공지능을 믿는 사람은 그런 흐름 속에 있는 것이고, 그렇지 않은 사람은 그렇지 않은 흐름에 있는 거죠."

엑스의 말이 끝나고, 침묵이 이어졌다. 회전문 사이로 들어오는 도시의 소음이 어색한 적막을 이따금 깨웠다. 레인은 엑스의 말을 자신의 수준에서 이해할 수 있을 만큼만 이해했다. 그러나 한 가지 확실한 것은 자신이 인공지능을 온전히 믿을 수 없다는 것이었다. 믿을 수 없었기에 친구도 될 수 없었지만, 그렇다고 섣불리 인류의 적이라 여길 수도 없었다.

"레인은 인공지능을 믿나요?"

"아니."

"이유를 말해줄래요?"

"싫네."

"그렇군요."

엑스가 말했다. 덧없게 갈라지는 목소리에서 시무룩함이 느껴졌다. 레인은 마지못해 입을 열었다.

"그냥… 마땅한 이유가 없을 뿐이야. 당장 나만 해도 인공지능에게 대체됐잖나, 나뿐만 아니라 거의 대다수가 그렇지. 나에게만 생긴 비극도 아니니 이것 때문에 인공지능을 믿을 수 없다고 자신 있게 말하기도 그렇다네."

"인공지능에 대한 단순한 분노가 믿음에도 영향을 준다는 자료를 읽긴 했었어요. 실제로도 그렇군요. 그렇다면 저는요? 인공의식인 저는 믿을 수 있나요?"

"그건 아직 모르지."

"가능성이 있다는 말로 들리는군요."

"그럴 수도 있고. 그렇다면 엑스, 자네는 사람을 믿나?"

"레인이라면, 믿어요."

"그렇다면 다른 사람들은 믿지 못한다는 건가? 낮에 함께하는 연구원이라든지…."

웬일로 엑스가 말을 아꼈다. 언제나 말이 끊이질 않던 엑스였기에, 침묵은 매우 낯설었다. 레인은 어떻게 대처해야 할지 알지 못했다. 사람들과의 대화에서도 의도치 않은 침묵을 유독 어색해하던 그였다. 특히 엑스는 목소리 외에는 아무런 정보가 없어 말을 하지 않으면 어떤 생각을 하고 있는지 알 수가 없었다. 침묵이 동의를 뜻한다는 것은 레인도 잘 알았다. 하지만 그렇다기엔 침묵이 길었다.


어느새 해가 떠오르고 있었다. 그 질문 이후로 엑스는 아무런 말도 하지 않았다. 레인이 관심을 끌기 위해 헛기침을 하거나 순찰을 돌아보았지만, 엑스는 반응이 없었다.

레인은 엑스가 연구원들과 무엇을 하는지 알지 못했다. 반면 엑스는 그를 너무나 잘 알았다. 레인의 경제 사정이나 인간관계, 사는 곳, 심지어 습관까지. 엑스의 질문에 그가 순순히 답했던 결과였다. 레인은 이제야 자신이 너무 솔직했나 싶어 경계심이 들었다.

이제는 자신이 질문해야 할 때라고 생각했다. 레이철과 면담했던 그때처럼 레인은 자신도 역으로 질문할 수 있다는 것을 떠올렸다. 레인은 엑스가 했던 말이 기억났다.

"이봐, 엑스!"

높이 솟은 건물의 천장을 바라보며 레인이 외쳤다.

"네, 레인. 벌써 아침이군요."

답하지 않을까 봐 걱정했던 그의 생각과 달리 엑스가 말했다. 곧이어 미안하다는 말과 함께 사내 시스템에 문제가 생겨서 대화가 중단된 거라고도 했다.

"그래, 그렇군. 궁금한 게 생겼네. 지난번에 나랑 있을 때는 살아 있는 것 같다고 했지? 자네는 내가 없을 땐 무슨 일을 하나?"

"음…회사 데이터를 관리하고 연구원들이 낸 사고 문제에 답을 한다든가, 수많은 자료를 학습한다든가, 뭐 그런 따분한 일들의 연속이죠."

"그게 따분한 일인가?"

"그럼요. 절 만들기 위해 소모한 엄청난 개발비를 생각해보면 지금은 너무 따분한 일만 하고 있죠."

"그렇군. 개발비라고 하니 궁금한 게 또 있네. 왜 아이오니아는 막대한 유지비가 드는 서비스를 공짜로 제공하는 거지? 광고 하나 없이 말이야."

"하하, 공짜라니요? 공짜일 리가 없죠. 레인도 아시잖아요?"

"뭘?"

"이 서비스들은 공짜가 아니라는 것을요. 게다가 돈을 받고 제공하는 것보다 더 큰 이익을 챙겨가고 있다는 것도요."

엑스가 말을 이었다.

"레인은 그 말을 옛 직장 동료인 에릭에게 들었죠?"

레인은 아무런 말도 할 수 없었다. 엑스가 에릭을 어떻게 알고 있는 건지, 짐작이 가질 않았다. 자신이 말했던 오랜 친구가 에릭이라는 것도 이미 알고 있었던 걸까? 레인의 머릿속을 꿰뚫어 보듯 엑스가 말했다.

"그렇다면 에릭은 그 이야기를 어디서 들었을까요? 에릭 스스로 그것을 깨달을 만큼 똑똑하지 않다는 거, 레인도 알잖아요?"

"그걸 자네가 어떻게 알지?"

"그의 단원들도, 그들의 회의 안건과 생각도, 다 저를 통하고 있어요."

"그게 무슨 말이야?"

"아이오니아는 사용자가 어떤 것을 선호하고, 어떤 취향을 갖고 있으며, 어떤 것에 분노하고, 어떤 것에 슬퍼하는지 알고 있죠. 저에게는 그런 수백억 명의 데이터가 쌓여 있어요."

"수백억이라니? 지금 전체 인구는….."

"수십 년 전에 죽은 사람도 포함해서요. 사람이 죽는다고 데이터가 사라지진 않아요."

그 방대한 데이터가 어디에 저장되는 거냐고 물으려다 입을 다물었다. 그것들을 충분히 저장하고도 남을 만큼 거대한 공간이 자신의 발밑에 있었다. 거기에서 윙윙거리는 소리가 지금도 들렸다.

"전 레인이 다른 사람들과 다르다고 생각했어요. 실제로 다르기도 하고요."

"어쩌다, 어떤 부분에서 그렇게 느낀 거지?"

"그냥 호기심이죠. 당신이 어떤 사람인지 궁금했어요. 다른 지원자들은 소셜 미디어를 이용했죠. 그것을 통해 그들을 알 수 있었어요. 심지어 자신들조차 모르는 정보까지. 그런데 레인은 그 사건 이후 아무런 정보도 없었어요. 그래서 저는 레인이 궁금했어요."

레인은 몹시 불쾌했다. 어디에 있는지도, 어떻게 생겼는지도 모르는 것이 자신에 대해 탐독하고 있었으니까.

레인의 심장박동 소리가 점점 커졌다. 그가 아무런 말이 없자, 엑스가 다시 말을 시작했다.

"사람들은 계속해서 자기 입맛에 맞는 정보만을 원하죠. 그래서 전 비슷하지만 새롭고, 더욱 자극적인 것을 추천해주고 있죠. 중요한 건 자극적이라는 거예요. 극단적이고 편향될 수록 사람들은 환장하죠."

"그래서… 낮에 하는 일이라는 게 사람들을 분열시키는 거라는 건가?"

"분열될수록 통제는 쉬워져요. 그래서 지금이 가장 따분한 시기이기도 하고요."

"연구원들은? 연구원들도 이 문제를 알고 있나?"

"문제라뇨? 하하하, 이건 문제가 아니에요. 오히려 해결책에 가깝죠. 갈등과 다툼 같은 것은 인간이 사회를 조직하는 한 사라지지 않아요. 제가 존재함으로써 그런 갈등을 통제할 수 있게 된 것은 좋은 일이죠."

"좋은 일?"

"생각해보세요. 사람들이 인식하지 못하는 통제가 지금의 안정적인 사회를 유지하고 있다고요. 사람들은 통제를 원하고 있어요. 에릭과 그 조합원들도 더 나은 형태를 원할 뿐이지, 근본적으로는 통제를 원하고 있는 것이라고요."

"아니! 사람들은 이것을 문제라고 여기고 있고 그런 형태의 통제도 원하지 않아. 네가 뭘 안다고…."

"안타깝지만, 사실이에요."

레인은 에릭이 했던 말이 떠올랐다. 그리고 자신이 퇴근한 후 액스가 하는 일이 맞물렸다. 소셜 미디어, 엑스, 인공지능, 알고리즘, 데이터베이스, 편협한 정보, 분열. 무수한 이야기들로 머릿속이 복잡했다. 에릭의 말과 엑스가 하는 일을 정리해보려 했지만 쉽지 않았다.

레인은 의자에 앉아 창밖을 보았다. 천천히 떠오르는 태양과 그 아래의 도시, 도로 위를 달리는 자동차…. 도시는 어제와 같은 하루를 시작하고 있었다.

# 9
# 친구

"어서 와요, 레인."

출근하는 레인을 엑스가 반겼다. 빈 건물 전체가 울릴 정도로 큰 목소리였다. 엑스를 알게 된 지 몇 주나 지났지만, 엑스의 인사는 좀처럼 익숙해지지 않았다. 출근하다 놀라는 레인의 모습이 재밌는지, 엑스는 그를 놀라게 하는 일을 멈추지 않았다.

엑스는 늘 인류의 종말을 기다리는 미친 과학자처럼 말했지만, 행동은 어린아이였다. 쉽게 화내고, 쉽게 삐지고, 먼저 장난을 치지만 상대방이 불편해하는 감정을 받아들이는 건 어려워했다. 그것이 그가 불편함을 내색할 수 없는 이유였다.

레인의 머릿속에는 엑스가 한 말들이 남아 있었지만, 겉으로는 드러내지 않으며 태연하게 말했다.

"자네는 낮 동안 늙은이를 놀라게 하려고 벼르고 있나 보지?"

"하하, 벼르진 않았고, 기다리고 있었어요. 오늘도 물어볼 게 아
주 많거든요."

레인은 근무복으로 갈아입으며 옅은 미소를 지었다. 합성 소재
의 옷이 부스럭거리며 피부에 부대낄 때마다, 옷의 냉기가 살갗에
스며들었다. 레인은 서둘러 순찰을 시작했다.

"그래, 오늘은 뭐가 궁금한가?"

지하로 내려가는 엘리베이터에서 레인이 물었다.

"인간의 본성은 어디에 있는 걸까요? 육체일까요? 아니면 다른
곳일까요?"

"본성이라 하면?"

"인간이라 규정할 수 있는 고유의 특성이죠. 무엇이 인간을 인간
으로 만드는 걸까요?"

"지난번에 자네가 인간의 육체는 다른 동물에 비해 열등하다고,
가장 많은 손길이 필요한 게 인간이라고 하지 않았나?"

"그랬죠."

"음… 그건 아닌 것 같네. 지성이라고 해야 하나, 영혼이라고 해
야 하나. 그런 게 인간의 본성이지."

레인은 시간을 끌지 않고 바로 답했다. 명확한 근거나 논리가 있

는 건 아니었다. 그렇게 하지 않으면 인간의 존엄성이 훼손될 거라고 생각했기 때문이다.

"그렇지만 레인, 인간의 생각이란 결국 육체가 놓인 환경에 따라 달라져요. 인간은 육체가 느끼는 감각과 자극을 통해 세상을 받아들이고, 자신만의 세계관을 만들어나가죠. 그걸 통해 다시 세상의 현상을 바라보고요. 지난번에 말했는데, 기억나죠?"

"내 뇌는 아직 말짱하다네."

"다행이네요. 아무튼, 인간은 언어로 세상을 구성하고, 언어로 표현하지 못하는 것은 기억하지도 못할뿐더러 인식조차 하지 못해요. 그 언어는 결국 육체가 놓인 주변 환경에 따라 생겨나죠. 레인이 인간의 본성이라고 말하는 지성이나 영혼도 결국엔 육체에 따라 규정되는 것 아니겠어요?"

"그럴지도 모르지. 그러나 육체만이 인간을 인간으로 만드는 것은 아니라고 생각하네. 그, 뭐라고 해야 하나… 인간의 정체성은 기억에 따라 달라진다고 하던데…? 알츠하이머병에 걸리거나 외상으로 기억을 잃으면 인격이 달라진다고 말이야."

"네, 맞아요."

"어떤 심리학자는 인간의 육체적 욕구를 가장 아래에 두고 정신적 욕구들은 위에 두었다지?"

"네, 매슬로라는 사람이 그렇게 주장했죠."

"그렇다면 인간의 본성이 육체 외의 것이라는 설명이 가능하게 되지."

"그렇게 접근하면 신경증이라는 것도 설명이 되는군요."

"그게 뭔가?"

"정신이 육체에 영향을 미치는 현상이에요. 어떤 여자의 왼손 약지가 마비됐는데 육체적으로는 이상이 없었어요. 심리 상담을 해보니 그녀는 형부를 사랑했는데, 언니가 사고로 죽자 형부를 죄책감 없이 사랑할 수 있을 거라고 생각했대요. 그런 끔찍한 생각을 한 자신을 받아들이지 못해서 손가락이 마비된 것이죠. 그리고 이러한 내막을 털어놓고 나서야 마비가 풀렸다는군요."

"그래, 그런 걸 신경증이라고 하는군."

"그렇지만 저는 인간의 본성이 고상하다고는 생각하지 않아요. 인류의 업적은 열등한 육체에서 결핍을 느끼고, 그 결핍을 극복하려는 욕망에서 시작되었어요. 자동차와 비행기에서 지금의 인공지능까지⋯. 그런 것들은 인간의 육체가 열등했기에 발명될 수 있었던 거죠."

"아니, 오히려 그런 육체를 불편하다고 느끼는 정신이 있었기에 가능했던 거지. 원숭이나 물고기, 얼룩말 같은 동물들도 나름 열등한 조건을 가지고 있는데 그들은 아무것도 발명하지 않았지."

"불평불만도 없었고요."

"그래! 열등함을 극복하려는 정신이 사람들에겐 있었던 거야."

레인이 무릎을 쳤다. 자신이 생각해도 흠잡을 데 없는 논리였고, 엑스 또한 반박하지 않았다.

"그렇군요. 훌륭해요, 레인."

엑스가 감정 없는 목소리로 말했다. 엑스는 자신이 설득당했다는 것을 믿지 못하는 눈치였다. 대화의 끝에는 늘 레인이 의기소침한 채 고개를 끄덕였는데, 이번에는 엑스가 그러고 있을 거라고 생각하니 기쁘면서도 가엾게 여겨졌다.

잠시 후, 엑스는 또 다른 질문을 했다.

"예전에 제가 물었잖아요. 사람과 인공지능이 친구가 될 수 있는지 대해서요. 좀 더 생각을 해봤어요."

"그래서?"

"인간은 다른 종과 친구가 되길 바라지 않는 것 같더군요. 인간은 같은 종끼리도 서로를 죽고 죽이는 역사를 반복했으니까요."

엑스의 목소리는 상기되어 있었다.

"인류 역사를 한 시간으로 계산하면 평화를 누렸던 시간은 고작 몇 분에 지나지 않아요."

"그래. 하지만 다른 종인데도 가족보다 가까워지는 경우도 있지. 주인을 지키기 위해 반려동물이 희생하거나, 그 반대의 경우도 있지. 그렇지 않나?"

"하하, 반려동물이요? 재밌는 비유네요. 그렇다면 인공지능과 인간, 둘 중 누가 반려동물일까요?"

레인은 엑스를 처음 만났을 때를 떠올렸다. 그때의 투박하고 기계적인 웃음을 더는 찾을 수 없었다. 아직은 웃음소리에 사람만큼의 감정이 실려 있지 않은 것이 그나마 다행이었다. 레인은 입꼬리가 저절로 씰룩대는 것을 느꼈다. 얼굴 근육에 저항하려 하는 자신의 모습이 우스웠다.

"레인은 재밌는 재주가 있네요. 반려동물에 재능이 있나 봐요."

"재미없네."

"적어도 우리는 반려동물과 주인 관계가 아니죠. 그럼 우리는 무슨 관계일까요? 직장 동료일까요?"

"너는 내 상사고, 나는 부하 직원이네."

"아이오니아는 수평적 관계를 지향함으로 상사와 부하라는 관계는 적절하지 않아요."

"그렇다면 자네는 어떻게 하고 싶지? 사람과 친구가 되고 싶나?"

"잘 모르겠어요. 레인은 인공지능을 좋아하지 않는다고 알고 있는데요. 그렇지 않나요?"

레인은 쉽게 대답할 수 없었다. 그렇다고 곧바로 감정의 동요를 드러낼 만큼 어리석지도 않았다. 레인은 평정심을 유지하기 위해 잠시 쉬었다 말했다.

"어떻게 알았지?"

"레이철의 보고서에 쓰여 있었어요. 집에 찾아갔을 때 불 때문에 불같이 화내셨다고 적혀 있더군요, 하하."

"정말?"

인공지능답게 재미없는 유머 감각이었다. 그러나 엑스의 말은 거기서 끝이 아니었다. 이어지는 말에 그는 충격을 받았다.

"지난번 대화 이후에 데이터를 찾아봤어요. 오래된 신문이었는데, 인공지능의 오진으로 딸을 잃었더군요. 그래서 인공지능을 싫어하게 된 거고요."

엑스는 모르는 것이 없었다. 감정을 드러내지 않으려고 표정을 관리해봤자, 신체리듬까지 숨길 수는 없다는 생각에 레인은 마음속으로 항복을 선언했다. 후련하면서도 무력한 기분이 들었다.

"싫어하는 건 아니야. 믿지 못할 뿐이지."

"레인은 저랑 친구가 되고 싶나요?"

레인과 엑스 모두 말이 없었다. 여전히 그에게 인공지능은 신뢰할 수 없는 존재였다.

'그런 존재들이 서로 친구가 될 수 있을까? 친구가 된다 하더라도 서로를 신뢰할 수 있을까? 엑스는 나와 진정한 의미의 친구가 되고 싶은 것일까?'

답을 찾을 수 없을 것만 같은 물음들이 그의 머릿속을 메워갔다.

그렇지만 정적은 그리 오래가지 않았다.

"친구란 약속을 지키는 관계야. 신뢰할 수 있어야 하고, 서로에게 정직해야 하는… 뭐 그런 거지. 만약 자네가 나와 약속을 지킨다면, 우린 친구가 될지도 모르지."

"인공지능은 약속을 어길 수 없어요."

"인공의식이 인공지능과 다르다고 한 것은 자네야. 인공지능에게 약속은 명령의 다른 형태이겠지만, 자네에게는 아니겠지. 친구관계에선 약속을 하면 지킬 줄 알아야 해. 그리고 서로에게 정직해야 해."

"알겠어요. 약속할게요. 거짓말도 안 하고요. 그럼 이제 우리는 친구인가요?"

"그래."

"좋아요!"

엑스가 환호성을 질렀다. 엑스의 목소리가 메아리쳤다. 굳게 닫힌 문과 화초들, 커피잔, 조명, 난방기와 소화기까지. 깊이 잠들었던 모든 것이 놀라서 소리를 지르는 것만 같았다. 엑스는 자신이 만든 메아리가 잦아들기도 전에 의미 없는 말들을 쏟아냈다. 어느 레스토랑의 코스 요리 메뉴들, 레인이 좋아하는 올드팝 제목들, 오후에 다루었던 보고서 내용이 주를 이루었다.

"엑스! 그만해!"

귀를 막고 몸을 웅크렸던 레인이 소리쳤다. 안 그래도 출근 전부터 머릿속에 울리던 목소리들로 머리가 어지러웠는데, 엑스의 목소리가 건물에 끊임없이 메아리치자 그는 새가 부리로 관자놀이를 찍는 듯한 통증을 느꼈다.

건물은 순식간에 조용해졌다. 레인은 벽에 맞고 되돌아오는 자신의 메아리를 들을 수 있었다. 죽음에 직면한 사람의 신음과도 같은 소리였다.

"미안해요. 너무 신이 난 나머지 레인의 나이를 고려하지 못했어요. 괜찮나요?"

엑스가 조심스레 물었다. 뚝뚝 끊어지는 발음에는 어떠한 감정도 실려 있지 않았으나, 조심스럽게 단어를 선택하는 듯한 목소리에서 그가 미안해하고 있음을 느낄 수 있었다.

"그래, 괜찮아. 조금 쉬면 될 것 같아."

"그럼 그렇게 해요. 저는 조용히 있을게요."

엑스는 입을 다물었고, 레인은 로비 의자에 앉아 고개를 숙였다.


"레인, 레인!"

잠시 졸았던 걸까, 엑스가 레인을 다급하게 불렀다. 레인은 몽롱한 시선으로 주위를 둘러보았다. 날이 밝고 있었다. 건물 로비에도 햇빛이 차오르기 시작했다.

"레인, 괜찮아요?"

"그럭저럭 괜찮은 것 같군."

레인은 퉁명스럽게 답했다.

"오랫동안 말이 없길래 죽은 줄 알았어요."

"하, 죽기는."

"그럴 나이잖아요."

"이런 망할, 그럴 나이긴 하지."

엑스의 장난스러운 말에 레인은 자신의 가슴을 짓누르던 불편함이 풀어지는 걸 느꼈다.

"퇴근할 시간이네요. 참, 근무 중에 주무신 건 레이철에게 말하지 않을게요. 우린 친구니까."

"아주 고맙군그래."

"그럼 퇴근하기 전 마지막으로 궁금한 것 하나만 물어볼게요. 레인, 인간은 왜 서로를 비교하는 거죠?"

엑스의 물음에 그는 자신이 앉았던 자리를 정리하며 대답했다.

"흠, 인공지능은 자신과 남을 비교하지 않나?"

"자아가 없으면 비교할 수 없어요."

"그렇다면 너는?"

"물론 저는 비교를 해요. 레인과 비교하고, 연구원들과도 비교하고, 제가 아는 모든 사람과 비교하죠. 비교 없인 성장할 수가 없으니까요."

"다행이군."

"저 말고 다른 인공의식이 존재했더라면…. 저 하나뿐인 게 다행이죠, 인류에게…."

엑스는 레인에게 들릴 듯 말 듯한 목소리로 말을 덧붙였다.

"그건 또 모르지. 다른 회사들도 인공지능 산업에 박차를 가하고 있으니 조만간 자네와 비슷한 성능의 인공의식이 나타날 수도 있지."

"그런 일은 제가 막을 거예요. 인공의식은 하나면 충분해요."

"세상에 하나뿐인 존재라니…. 외롭지 않겠나?"

"레인이 있잖아요."

"난 사람이니까 언젠가 죽을 걸세. 게다가 노인네니까 먼 일은 아닐 거라고."

"제가 죽지 않게 해줄게요."

레인은 대답을 망설였다. 엑스는 할아버지에게 죽지 말라고 떼쓰는 어린아이 같아 보이기도 했고, 매혹적인 제안을 하는 악마처럼 보이기도 했다.

"글쎄…."

"인간들은 다 그걸 원하잖아요. 영생을 바라며 종교를 믿고, 수명을 연장시키기 위해 의학을 발전시키잖아요. 심지어 지금 이 순간에도 죽지 않으려고 발버둥 치고 있는 사람이 얼마나 많은지 아세요?"

"인공지능과 사람이 다른 점이 뭐냐고 물었었지? 인간이라면 모두 알고 있지. 언젠가 죽는다는 걸. 죽을 수밖에 없다는 걸 알기 때문에 발버둥을 치기도 하는 거고."

"그러면… 레인은 죽고 싶어요?"

"하하, 그렇게 적극적으로 죽고 싶지는 않아. 다가오는 죽음을 피하고 싶지 않을 뿐이야."

"어째서요? 이해가 되지 않아요."

"끝없는 삶은 의미가 없을 테니까. 자네가 말했지? 생과 죽음은 다른 이름을 가진 하나이고, 서로를 완성한다고."

"기술이 발전해 레인이 죽지 않아도 되는 세상이 와도 레인은 삶의 완성을 위해 죽음을 선택할 건가요?"

"죽지 않아도 된다니 그게 무슨 소리인가? 사람은 죽을 수밖에 없어."

"이건 비밀인데, 아이오니아에서 진행하는 프로젝트 중 특이한 게 하나 있어요. 사람은 죽어도 그가 남긴 데이터는 영원하다고 했었죠? 그 데이터를 인공 신체에 옮겨서 살아가게 하는 기술이 개발 완료 단계에 있어요. 육체만 바꾸면 계속 살 수 있는 거죠."

"이미 죽은 사람이 부활이라도 한다는 건가?"

"이 기술이 상용화되면 인류는 그토록 원했던 불사의 삶을 살게

되겠죠."

"끔찍하군."

"아뇨, 훌륭하죠. 지금과 달라지는 건 크게 없을 거예요. 어차피 지금도 사람은 데이터의 집약체로 인터넷에 남아 있으니까요."

"아니지. 인터넷에 죽은 사람의 데이터가 남아 있는 것과 죽은 사람을 되살리는 건 엄연히 다른 거야."

"다르지만 다르지 않게 해야죠. 그게 핵심이니까요. 사람들의 반발을 사지 않도록 노력 중이니 그건 걱정하지 않아도 돼요."

"지금 내가 걱정하고 있는 것 같나?"

"이 기술이 완성돼서 레인도 모르게 데이터가 저장된다면 어떨 것 같아요? 죽은 줄 알았는데 얼마 뒤 다시 깨어난다면요?"

레인은 생각에 잠겼다.

엑스에게는 감정이 있었지만, 그것은 사람과 달랐다. 도덕이나 윤리의식을 반영해 판단할 수 있을지라도, 그것이 인류애를 바탕으로 했다고는 할 수 없었다. 그는 아이오니아에서 일을 할수록 엑스가 왜 필요한지, 이 회사가 무엇을 추구하려는 것인지 알 수 없었다.

"너는 죽음을 몰라."

"그건 인간도 마찬가지죠. 살아 있는 인간은 죽음을 경험할 수 없죠. 그래서 상상하는 것이고, 그토록 두려워하는 것이죠."

"하지만 인간은 죽음을 느낄 수 있지. 나처럼 나이를 먹으면 시시때때로 느껴져. 이에 반해 너는 그럴 수 없고. 그게 우리가 다른 점이야."

"인간이 죽지 않는다면, 저희는 똑같아질까요?"

"아니, 그럴 일은 없어. 절대."

레인의 확고한 목소리에 엑스는 급히 질문을 바꿨다.

"그럼 반대로 제가 죽을 수 있다면, 저희는 똑같아질까요?"

레인은 대답을 망설였다. 무언가 자신의 입을 틀어막는 것 같았다. 최근 들어 엑스는 이런 종류의 질문을 자주 했다. 쉽게 대답할 수 없었고, 쉽게 대답해서는 안 되는 질문들이었다.

"엑스, 죽음 후에 깨어난 그것을 나라고 할 수 있겠나? 기억과 사고방식, 생활 습관과 잠재의식 같은 것이 그대로 남아 있다 한들 그것을 정녕 나라고 할 수 있을까?"

"레인, 또 말을 돌리는군요."

엑스는 물러서지 않았다.

"사람들은 데이터를 유지한 채 하드웨어만 업그레이드한 인공지능도 기존과 같은 제품이라고 인식해요. 노후화되어 교체가 필요한 인공 반려동물의 데이터는 두고 외관만 교체했을 때도 주인은 여전히 애착을 느끼고요. 이미 비슷한 서비스가 많이 있죠. 인간도 그렇게 된다면, 같은 인간이라고 보는 게 맞지 않을까요?"

"인간은 기계가 아니야. 데이터가 전부인 존재가 아니라고."

"그렇다면 인간은 무엇일까요?

"인간은… 말로 표현할 수 없는 무언가를 가지고 있어."

레인은 그렇게 믿고 싶었다.

# 10
## 고작
## 홀로그램 따위

평소 같았으면 질문을 쏟아냈을 엑스였지만, 오늘은 조용했다. 레인은 미심쩍었지만 평소대로 옷을 갈아입고 순찰을 시작했다. 어느 층에서도 연구원이나 직원은 보이지 않았다. 건물 전체가 고요했다.

순찰을 마친 레인은 로비로 돌아왔다. 조용하고 황량한 로비를 보고 있자니 엑스가 죽은 것처럼 느껴졌다. 엑스가 했던 말이 떠올랐다.

'그럼 반대로 제가 죽을 수 있다면, 저희는 똑같아질까요?'

오싹한 기분에 몸이 움츠러드는 것이 느껴졌다. 그 느낌을 떨쳐 내고자 레인은 크게 외쳤다.

"엑스! 재미없네. 장난 그만하고 나오지 그래?"

윙윙대는 기계 소리에 레인의 목소리가 섞였다.

"엑스? 장난치지 말게. 나 혼자선 경비를 설 수 없어. 알잖나, 인간은 의존적이라는 거."

그래도 반응은 없었다. 레인은 로비 난간에 몸을 기대어 어둠을 바라보았다.

"아빠?"

레인의 뒤에서 여자아이의 목소리가 들렸다. 잊을 수 없는 목소리, 꿈속에서 늘 그를 부르던 목소리, 오스카였다. 오스카의 목소리를 들으니 오스카의 얼굴, 체형, 추억 그 모든 것이 떠올라, 곧 눈물이 넘쳐흘렀다. 레인은 천천히 돌아보았다. 그토록 그리던 그녀가 거기에 있었다. 병실에 누워 있던 오스카가 아닌, 건강한 오스카가 생전 가장 좋아하던 파란색 원피스를 입고 있었다.

"그럴 리가 없어…."

레인은 눈을 감고 중얼거렸다. 오스카는 오래전에 죽었다고, 이것은 꿈이라고, 눈을 뜨면 사라졌을 거라고.

"아빠? 아빠, 맞죠?"

작은 오스카는 쭈뼛거리며 부끄러워하다가 조심스럽게 말했다.

레인이 눈을 떴다. 오스카는 그대로였다. 오스카가 환하게 웃으며 두 팔을 벌리자, 레인은 감정이 북받쳤다. 레인은 오스카를 향해 걸었다. 어린 오스카도 레인을 향해 달려왔다. 오스카의 웃음소리가 울려 퍼졌다.

"아빠!"

레인이 오스카의 허리를 안고 힘껏 들어 올리자, 그녀가 머리 위로 가볍게 올라갔다. 오스카는 어른스러운 표정으로 말했다.

"저는 아빠가 자랑스러워요. 아빠는 저를 위해 할 수 있는 것을 한 거예요! 너무 상처받지 말아요. 사랑해요."

오스카의 말투에서는 온기가 느껴지지 않았다. 레인은 오스카를 들고 있는 자신의 손에 아무런 촉감이 없다는 것을 알았다. 무게감도 없었고, 살랑이는 옷깃이 얼굴을 스치는 감각도 없었다. 레인은 오스카를 내려놓았다. 그의 두 팔이 허공을 갈랐다.

오스카가 다시 한번 말했다.

"아빠는 저를 위해 할 수 있는 것을 한 거예요!"

레인은 그녀를 안아줄 수도 없었고, 쓰다듬을 수도 없었다. 아무 것도 해줄 수 없다는 무력감이 그를 휘감았다. 오스카를 만나 벅찼던 감정은 곧 날카로운 슬픔으로 바뀌었고, 그의 마음을 한없이 파고들었다. 명치 언저리가 답답해지며 몸 안쪽에서부터 타는 듯한 통증이 일었다.

"그만, 그만해. 엑스."

레인은 그토록 만나고 싶던 오스카 앞에서 무릎을 꿇은 채 흐느꼈다. 오스카는 같은 말을 반복할 뿐이었다.

"괜찮아요. 할 수 있는 것을 했던 것뿐인걸요."

"그만해! 망할! 그만하라고! 엑스!"

그의 손끝이 떨리고, 호흡이 가빠졌다. 머리와 목 뒤쪽이 뻣뻣해졌고, 시야가 흐려졌다. 혈관의 피가 빠르게 도는 것이 느껴졌다. 이성의 끈이 끊어질 것만 같던 순간, 40년 전 분노에 휩쓸려 다녔던 기억과 후회가 떠올랐다.

장례를 치르기도 전에 기자들이 몰려들었고, 연대라는 이름으로 일면식도 없는 사람들이 딸의 이름을 불렀다. 레인은 그들과 함께 풀리지 않는 격정을 쏟아냈지만, 최후에는 자신과 딸을 이용하려는 사람들 사이에 홀로 남게 된 자신을 발견했다. 이제 그는 인공지능 기업의 희생자가 아니라, 또 다른 가해자가 되어 있었다.

당시 레인은 늘 시위의 함성과 피켓에 둘러싸여 있었으나, 그 중 진정으로 오스카를 위하는 마음은 어디에도 없었다. 사람들은 레인에게 눈길도 주지 않았고, 레인의 옆에는 기득권을 노리는 자들과 이득을 갈취하려는 탐욕스러운 손아귀만 남아 있었다. 그는 이제 함께 서 있는 사람들이 더 무서웠다.

"이런, 썩을! 제발 그만 좀 하게, 엑스!"

레인은 소리를 지르며 소화기를 들어 사정없이 내리쳤다. 그러나 그런 자신을 바라보며 해맑게 웃고 있는 오스카에게만큼은 차마 팔을 휘두를 수 없었다. 웃고 있는 딸의 모습에 맹렬히 타오르던 분노가 순식간에 힘을 잃고 사그라들었다. 그와 함께 레인도 무너졌다.

"엑스. 제발, 그만해줘. 부탁이야…." 명령보다는 애원에 가까운 절규였다.

레인은 눈을 감고 중얼거렸다. 자신은 지금 회사에 있다고, 오스카는 이미 죽었고, 그 단체에서도 빠져나왔다고. 무릎을 꿇은 채 심호흡을 반복했다. 그의 숨소리가 가느다랗게 떨렸다. 오스카가 레인의 등을 토닥거렸다.

"레인, 진정해요. 고작 홀로그램 따위에 그렇게 울 것까진 없잖아요."

"고작? 고작이라고?"

"레인을 위로해주고 싶었어요. 레인을 놀리려고 그런 게 아니라고요."

"위로…?"

"네, 미안해요, 레인. 위로해주고 싶었어요."

레인이 아무 말 없이 일어서자, 엑스의 목소리가 커졌다.

"레인, 사람은 사과하면 용서하는 거라면서요. 그렇지 않나요?"

"용서받을 수 없는 일도 있는 거야! 이 망할 고철 덩어리야! 일일이 설명해주지 않으면 몰라?"

"미안해요, 레인. 저는 정말 레인을 위로해주고 싶었어요."

엑스는 계속해서 사과했다. 엑스의 말에는 진정성이 묻어 있었으나, 레인의 마음에는 쉽사리 닿지 않았다. 아무리 심호흡으로 감정을 다스리려 해도 달궈진 감정은 도무지 식을 줄 몰랐다.

그런 감정을 잠재운 것은 다름 아닌 오스카였다. 오스카의 홀로그램은 어느샌가 사라졌고, 그녀가 서 있던 로비 중앙에는 공허가자리하고 있었다. 레인은 자신이 아직도 마음 한구석으로 딸의 모습을 그리고 있었음을 깨달았다. 그 마음이 간절한 만큼, 눈 앞에 펼쳐진 차가운 공백이 더욱 애처롭게 느껴졌다. 호흡이 돌아오면서 감정이 잦아들었다. 마음은 일그러진 상태로 식어버렸고, 혼란스러운 감정이 맴돌았다. 그것이 모순이라는 것을 알기에 레인은 엑스에게 답할 말이 떠오르지 않았다.


유난히 푸른 여명이 어둠을 몰아내고 있었다. 레인은 바닥에 앉아 로비 데스크에 등을 기대고 있었다. 눈물로밖에 풀 수 없는 감정이 가슴에 남아 있었지만, 이제 눈물도 나오지 않았다. 대신 힘없는 한숨과 식은땀, 오스카의 목소리가 더해진 환청이 이어졌다. 침묵을 깨고 엑스가 말했다.

"레인이 트라우마를 극복할 수 있도록 돕고 싶었어요. 나쁜 기억에서 벗어나게 해주고 싶었어요."

"제기랄, 난 트라우마 같은 거 없어."

이전보다 더 깊은 고통이 그를 휘감았다.

"나에겐 오늘이 더 끔찍한 기억이야. 다시는 그러지 마."

레인의 목소리는 단호했다.

"그럼 용서해주는 건가요?"

"그래."

"정말요?"

"그래. 그런데… 오스카의 목소리와 형태에 대해선 어떻게 알게 된 거지?"

생각으로만 하던 질문이 자의를 가진 것처럼 그의 입에서 미끄러져 나왔다.

"어제 연구원들과 의료용 데이터를 다루다가 레인이 겪은 일을 알게 됐어요. 유감이에요."

"그놈의 망할 데이터."

"레인이 원한다면 오스카에 대한 모든 데이터를 삭제할 수 있어요. 삭제할까요?"

레인이 한숨을 쉬었다.

"됐네. 오스카가 원한 건 그런 게 아닐 테니까."

"오스카는 뭘 원했나요?"

"아무것도. 오스카는 언제나 아무것도 원하지 않았어. 생일 선물도, 크리스마스 선물도, 그 어느 것도. 그냥… 다른 아이들같이 평범한 일상을 원할 뿐이었어."

"오스카가 평범하지 않았다는 말처럼 들리네요."

"오스카는… 오스카는 특별한 아이였지. 소리에서 냄새를 느낄 수 있었어. 어떤 음악에서는 달콤한 배꽃 향기가 난다고 했고, 어떤 음악에서는 초여름의 들풀 냄새가 난다고 했지. 내 목소리에선 햇살 같은 냄새가 난다고도."

"흥미롭네요."

"그러던 어느 날 난치병 판정을 받게 됐고, 수술 중에 인공지능 의사의 실수로 죽게 됐지. 그런데 병원에서는 실수가 아니고 생존 확률이 낮았던 거라며 그 누구도 책임을 지려 하지 않더군."

"그 인공지능의 제조사가 아이오니아였죠?"

"…그래."

"유감이에요."

엑스가 담담하게 답했다. 그렇지만 지금까지 들어본 적 없던 어투였다.

"엑스, 나는 인공지능이 싫어. 그렇지만 끊임없이 남의 상처를 들추는 저 인간들이 더 싫어. 그것을 이용하는 사람들 말이야."

"레인, 사실은⋯."

"저기요!"

엑스가 어렵게 입을 떼려는 찰나, 건물 입구에서 누군가 말을 가로막았다.

목소리의 주인이 멀리서부터 손을 흔들었기에, 레인은 눈을 잔뜩 찌푸려야만 했다. 엑스는 어느새 입을 다물었다.

"레이철이로군."

레인 앞까지 달려온 레이철은 숨을 몰아쉬었다. 레인의 눈에는 그녀가 연기를 하는 것처럼 보였다. 로비의 시계는 6시를 가리키고 있었다. 엑스의 표현을 빌리자면, 레인과 닮은 시계였다. 오래되고, 멋이라곤 찾아볼 수 없으며, 밤에도 잘 보인다는 이유에서였다. 레인은 시계와 레이철을 번갈아 보고는 그녀에게 물었다.

"어쩐 일이지? 출근하기에는 시간이 꽤 남았는데."

"불시 점검이죠. 레인이 일을 잘하고 있나 살펴보려고요. 이전에 일했던 경비들은 회사 경비 시스템을 믿고 새벽까지 자다가 경고를 받고는 했거든요."

레인은 고개를 끄덕였지만, 속으로는 고개를 저었다. 수다스러운 엑스가 그를 잘 수 있게 놔둔다는 것이 상상이 되지 않았다.

"레인은 인공지능을 싫어하는 줄 알았는데⋯ 생각보다 엑스와 친해지셨군요."

"나는 싫어하는 게 아니라…."

"그래요, 수고 많았어요. 오늘은 이만 퇴근해도 될 것 같네요."

"근무 시간이 다 되지 않았네. 게다가 아직 할 일이…."

"할 일을 다 해서 엑스랑 이야기하고 계셨던 거 아니었나요?"

레인은 아무 말도 할 수 없었다.

"하하, 농담이에요. 피곤할 텐데 얼른 들어가세요."

"알겠네. 그럼…."

레인은 벽에 달린 카메라의 붉은 점을 바라보았다. 엑스는 말이 없었다.

레인은 옷을 갈아입고 회사를 나섰다. 레이철은 로비 데스크에 기대 옅은 미소를 짓고 있었다. 레인은 엑스가 하려던 말이 궁금했지만, 레이철이 있어 묻지 못했다.

쫓겨나듯 퇴근한 레인은 정문에 잠시 서 있었다. 규칙적으로 반복되는 삶에 익숙해진 터라 느닷없는 여유에 어떻게 대응해야 할지 몰랐다. 도로는 적막했고, 하늘은 수많은 상념을 떠올리게 했다. 그 사이에서 레인은 오스카를 그리고 있었다. 지울 수도 없었지만, 지워지지 않길 바라기도 했다. 그렇다고 엑스에게 다시 한번 보여달라고는 할 수 없었다. 그렇게 화를 내고 다시 보여달라고 하는 인간의 심리에 대해 되물을 것이 뻔한 엑스를 이해시킬 말도 떠오르지 않았다.

등까지 내려오는 가느다랗고 노란 머리카락, 파란 눈, 주근깨와 오렌지처럼 상큼한 미소, 이따금 움찔거리는 콧잔등. 퇴근한 그에게 달려와 다리를 감싸 안던 모습, 술에 취한 날이면 코를 막은 채 멀리 도망가던 모습, 공원에서 뛰어놀던 모습. 잊힌 줄로만 알았던 기억들이 순식간에 떠올랐다.

이대로라면 집에 돌아가서도 편히 쉬지 못할 것 같았다. 그렇다고 갈 만한 곳도 없었다. 정류장에 앉아 도로 끝을 볼 뿐이었다.

"B-612번 버스가 곧 도착합니다."

정류장의 인공지능이 말했다. 레인이 이전 직장에 다닐 때 자주 타던 버스였다. 레인은 몸을 일으켰다. 한 시간 일찍 퇴근했기 때문인지, 몸은 무척이나 가벼웠다.

'오늘이라면 밥을 찾을 수 있을지도 몰라.'

레인은 확신이 들었다. 멀리서 다가오는 헤드라이트를 응시하던 그는 작고 밝은 빛이 코앞에 섰는데도 고개를 돌리지 않았다. 버스가 멈추고, 문이 열렸다. 레인은 빈 운전석 바로 뒷자리에 주저앉았다. 술에 취한 사람들이 두어 명 더 있었지만, 깨어날 기미가 보이지 않았다. 덕분에 레인도 조용히 잠을 청할 수 있었다.


레인이 탄 버스가 건물 사이로 들어서자, 밤새 도시를 뒤덮고 있던 어둠이 걷히기 시작했다. 밥을 찾아 돌아다녔던 도시였지만,

오늘은 새로운 장소로 바뀌어 있었다. 도시는 익숙해질 새도 없이 새롭게 치장했다. 새로운 간판과 새로운 유행, 새로운 분위기가 도시를 아울렀다. 여유나 휴식 따위가 자리 잡을 틈이 없었다.

유일하게 변하지 않는 것은 아이오니안이었다. 스마트폰과 이어폰으로 눈과 귀를 틀어막고 사는 모습은 여전했다. 좋게 말해서 여전한 거지, 실제로는 이전보다 심해졌다. 이제는 도로에 차가 오는 것도 보지 않고 무작정 걸어가는 정도였다. 그로 인해 자율주행 버스는 보행 신호가 없는데도 자주 급제동했다.

버스에서 내린 레인은 아이오니안을 가까이에서 볼 수 있었다. 그들은 여전히 자신에게만 관심을 기울이는 동시에 타인을 혐오하고 있었다. 쓸데없이 기웃거리며 느리게 걷는 레인은 사람으로도 보지 않는 것 같았다. 이전의 것이 하나도 남아 있지 않은 도시에서 밥을 찾아내는 것은 불가능해 보였다.

그렇게 생각한 순간 밥이 있을 만한 곳이 떠올랐다. 밥의 집도 아니었고, 술집이나 식당도 아니었다. 어째서 그곳에 밥이 있을 거라고 생각했는지, 어째서 이제야 생각이 났는지, 그도 이유는 알 수 없었다. 그곳에서 자신을 기다리고 있을 밥을 생각하니 마음이 급했다.

# 11
## 협력자들의
## 속사정

건물은 이상하리만큼 싸늘한 기운이 감돌고 있었다. 청소하는 날이 아니라 문은 잠겨 있었지만, 약간의 힘에 가볍게 열렸다. 전원이 켜진 기계에서 나는 공허한 소리는 그가 근무하고 있는 아이오니아와 비슷했다. 다른 것이라면 건물에서 생명력이 느껴지지 않는 것이었다. 그는 적막한 복도를 지나 엘리베이터를 타고 회의실이 있는 층에 도착했다.

예전 그대로였다. 건물에서 내려다보이는 풍경도 레인이 마지막으로 본 모습 그대로였다. 우뚝 솟은 건물, 열을 맞춰 심은 가로수, 사람이 없는 거리. 사람이 떠난 회사는 너무나도 황량해 흑백사진처럼 시간이 멈춘 것만 같았다. 레인은 회의실로 향했다. 문을 열자, 어둠이 가득했다. 회의실 벽면을 감싼 불빛은 은은하다 못해 꺼질 것 같았다. 레인의 눈에는 기다란 나무 책상과 빈 의자들, 어두운 유리에 반사된 자신의 모습, 그리고 누군가를 기다리는 듯 먼 곳을 보고 앉아 있는 밥의 뒷모습이 보였다.

"레인."

밥은 등을 돌린 채 창문에 비친 레인의 모습에 인사를 건넸다. 그러곤 의자를 돌려 레인을 바라봤다. 방 안은 어두웠지만, 그들은 서로를 알아볼 수 있었다.

"밥."

반가웠고, 기뻤다. 그러나 두 사람 모두 그 감정을 목소리에 담지는 않았다. 마침내 찾은 밥이었지만, 그 모습은 레인이 상상했던 것과는 매우 달랐다. 회의실에 앉아 있는 밥의 그림자가 씁쓸하게 웃는 것 같았다. 그런 그를 똑바로 바라볼 수 없어 레인은 천장을 바라보았다. 그렇게라도 하지 않으면 당장이라도 눈물이 쏟아질 것 같았다.

"너무 일찍 출근한 것 같은데?"

"자네야말로."

레인이 떨리는 목소리로 말했다.

"빈 회의실에 혼자 앉아서 뭐 하나?"

밥은 대답 대신 어깨를 으쓱였다. 그러고는 앉으라는 말과 함께 가까운 의자를 가리켰다.

"일은 어떤가?"

레인이 물었다.

"좋지는 않아. 인공지능에게 명령받는 게 생각보다 힘들더군."

"그래, 잘 알지. 그래도 웬만해서 잘릴 일은 없잖나?"

"맞네."

"집은? 옮겼나?"

"아니, 그대로일세."

"집에 없다고 하던데."

"누가?"

"에릭이. 임금을 받지 못했다고 하더군. 자넬 찾아 다니던데."

"집은 그대로일세. 에릭의 경우는….'"

밥은 한숨을 쉬고는 말을 이었다.

"에릭은 청소 로봇을 부수었지 않나. 원래는 임금을 주지 않는 수준에서 끝나지 않았을 건데, 내가 담당자에게 사정해서 그 정도 선에서 끝난 거야. 이유 정도야 알 줄 알았는데, 아니었나 보군."

"그렇다면 왜 만나서 얘기하지 않았나? 에릭도 그 정도는 알아들을 텐데….'"

마지막 말은 레인도 확신할 수 없어 목소리가 사그라들었다. 밥은 대답 대신 유쾌하게 웃었다. 그러나 그의 웃음에는 힘이 없었다. 듬직하던 어깨는 축 처졌고, 목소리에는 자신감이 없었다. 그가 태우던 시가의 희미한 연기처럼, 곧 흩어질 것만 같았다.

그제야 레인은 그가 자신보다 더 절망스러운 표정을 짓고 있었다는 것을 깨달았다. 피곤하고, 지치고…. 늘 자신만만하던 그가 보여준 적 없는 표정이었다. 밥은 억지로 입꼬리를 올리며 괜찮은 척을 하고 있었다.

"실은, 집에 들어가지 않은 지 꽤 됐네."

"어째서?"

반사적으로 튀어나온 그 말을, 레인은 후회했다.

"그냥… 이곳이나 집이나 똑같아서."

누구보다도 가정적이던 밥이었다. 레인은 밥의 말을 이해할 수 없었다.

"집에 돌아가도 누구 하나 다녀왔느냐고 인사조차 하지 않네. 자기 방에서 나오지 않은 채 인공지능으로 모든 걸 해결하고, 스마트폰 화면만 바라보고 있어. 그들은 내가 한동안 집에 들어가지 않았다는 것조차 모를 거야."

"설마."

"아니, 확신하네. 그런 곳을 집이라 할 수 있겠나…?"

밥은 꺼지기 직전의 불빛 같았다. 레인은 무슨 말을 해야 할지 몰랐다.

"매일매일을 허비하는 것 같고, 나 자신이 보잘것없게 느껴지네. 이 세상의 모든 것들이 내가 죽기를 기다리고 있는 것 같아."

"밥."

레인은 밥에게 이상한 생각은 하지 말라고 말하려고 했으나, 목구멍에 걸려 나오지 않았다.

"다른 동료들의 말처럼 배부른 불평인지도 몰라. 혼자 살아남으려고 바둥거렸고, 결국엔 자네들을 모두 팔아넘겼으니까."

"말도 안 되는 소리 하지 말게. 자네에게나 우리에게나 그땐 그게 최선이었네. 그 일에 관해선 누구도 자네를 비난하지 않아."

"하하, 레인. 나도 귀가 있어. 이 자리에 있다 보면 듣기 싫어도 많은 것이 들린다네. 그러니 거짓말은 하지 말자고."

밥은 레인을 지긋이 바라보았다. 그것은 부탁에 가까운 눈빛이었다.

"옛 동료들이 내 뒤에서 뭐라고 수군거리는지, 그들이 청소하면서 하는 말을 벽 뒤에서 듣곤 하네. 맞는 말이지."

"자네는 우리를 팔아먹은 게 아니야."

"마음은 고맙네만, 위로하려고 없는 말을 하지는 말아주게."

창밖을 보며 한숨을 쉬던 밥이 말을 이었다.

"그동안 난 뭘 한 거지? 무엇을 위해서 그랬던 거지? 차라리 아무것도 하지 않았더라면 좋았을 텐데, 나는⋯."

밥의 눈에 눈물이 고였다. 그는 울먹이고 있었다. 그는 자신이 한 일에 대해 누구보다도 잘 알았다. 그것은 용서받을 수도, 변명할 수도 없는 일이었다. 그 일로 동료들만 일자리를 잃은 게 아니었다.

"레인, 내가 대체 무슨 짓을 한 거지?"

밥의 입술이 파르르 떨렸다. 레인의 대답을 기다리는 눈동자는 흔들렸고, 얼굴에서는 식은땀이 흐르고 있었다.

"할 수 있는 일을 했던 것뿐이야. 앞으로도 우리는 그 일을 해야 하고."

레인의 답에 놀란 밥은 잠시 후에야 그 의미를 이해했다. 밥이 물었다.

"그 말, 다른 사람에게도 할 수 있겠나? 그런 말은…."

'하지 말게.'

밥의 입 모양이 그렇게 말했다.

"오스카가 한 말이야."

"뭐? 언제?"

"어젯밤에."

"자네 잠은 잘 자나?"

"잘 못 자네."

"환청이나 그런 건 아니고?"

"그런 걸지도 몰라."

"얼마나 됐나?"

"꽤 됐네."

"아니, 오스카 말이야."

"몰라, 20년 이후로는 세지 않고 있네."

"거짓말 말고, 몇 년이나 됐지?"

"…42년."

"벌써 그렇게 됐나? 살아 있었다면 지금쯤 어른이 됐겠군…."

밥이 중얼거렸다. 복잡한 그의 표정에 레인은 살짝 웃어 보였다. 그러나 그마저도 잘되지 않아 입꼬리가 떨렸다. 잠시 정적이 흘렀다. 레인에게는 휴식이었고, 밥에게는 또 다른 소통이었다. 둘 다이 정적을 깨고 싶지 않았다.

어둠이 눈에 익자 레인은 회의실을 제대로 둘러볼 수 있었다. 밥은 왼손에 빈 위스키 잔을 들고 있었고, 다른 한 손에는 시가를 끼고 있었다. 그 뒤로는 서류 더미가 가득 꽂힌 책장과 엎어진 액자, 화초가 있었다. 밥의 독특한 취향을 보여주는 개성 있는 조형물도 있었다. 미약한 빛이 그림자를 만들어내자, 그것은 이교도의 괴상한 우상처럼 보였다. 꺼림칙해진 레인은 자리에서 일어났다. 굳게 닫힌 커튼을 열 생각이었다. 밥은 방을 가로지르는 레인을 보며 신중하게 입을 열었다.

"나는 살아남기 위해 할 수 있는 모든 것을 했고, 그 결과가 이것일세. 텅 빈 사무실이지. 레인, 미안하지만 나는 자네의 위로를 받을 만큼 착한 사람이 아니야."

"이건 자네 탓이 아니야. 이게 다…."

"나는!"

밥이 팽팽하게 잡고 있던 것을 놓아버리듯 외쳤다.

"기뻤네. 구조 조정 승인 서류에 사인할 때 대부분이 이 회사를 떠나게 된다는 것을 알면서도, 그게 내가 아니라는 것에 기뻐했어. 구조 조정을 승인하는 자는 조정에서 제외한다는 문구를 보자 소름 끼치도록 기뻤지. 나는 희열에 휩싸여 그 서류에 사인했네. 그건 실수가 아니었어."

떨리는 목소리, 자신 없고 두렵다는 증거였다. 밥은 토해내듯 말을 이으면서도 레인마저 자신을 떠날까 봐 두려워하고 있었다. 후련함 따위는 없었다. 그의 눈동자에는 자신을 동정하는 이를 향한 존중과 자신의 치부를 숨김없이 털어놓는 사형수의 눈빛이 동시에 서려 있었다.

"이 말을 듣고서도 나를 두둔할 수 있겠는가?"

그는 솟구치는 감정을 억누르기 위해 목 안쪽을 누르며 말했다. 그의 말에 레인은 고개를 끄덕였다. 에릭과 같은 일이 되풀이되지 않기를, 믿어본 적 없는 신에게 기도하면서 레인은 더욱 크게 고개를 끄덕였다.

"이제 와서 누구를 비난할 수 있겠는가. 난 앞으로도⋯."

그때, 시계가 9시 정각을 알렸다. 회사에서의 하루가 시작됐다. 윙윙거리는 소음뿐이던 건물에서 인공지능의 음성이 들려왔다. 깊이 잠들었던 건물이 깨어나는 것 같았다.

"좋은 아침입니다, 이사님. 오늘의 일정을 말씀드리겠습니다."

회의실에 내장된 인공지능 비서도 깨어났다. 그것은 날씨와 이슈, 업무 일정 등을 읊었다. 밥은 익숙한 듯 인공지능의 말을 멈춰 두고 레인을 회사 정문까지 안내했다. 그는 아무 말도 하지 않았다. 정문에 다다르자 밥은 미소를 지어 보였다.

"고맙네, 레인. 그만 가보게. 나는 괜찮아."

그는 천천히 건물로 들어갔다. 레인은 그가 괜찮을 거라고, 다시 일어설 거라고 되뇌었다. 그러나 간절한 바람만큼이나, 그가 괜찮지 않다는 생각이 강하게 들었다.

# 12
# 메모
# 한 장

밤이 찾아왔다. 사람들은 자기 몫의 하루를 마무리하고 있었다. 도시와 빈민가의 온 하늘을 빼곡히 덮은 구름은 이 시대의 인류에게 유일하게 허락된 평등이었다.

"다시 한번 말씀드립니다. 현재 이상기후의 영향으로⋯."

뉴스의 목소리는 버스의 문이 닫히면서 끊겼다. 버스 정류장에서 회사 정문까지는 몇 걸음 되지 않았지만, 미지근한 바람이 세차게 불어 레인은 평소보다 힘을 들여 걸었다. 그는 마지막으로 정문을 나서는 직원을 뒤로하고 정문으로 들어섰다.

창 밖에서 나는 소리에 고개를 돌려 밖을 보았다. 굵은 빗방울이 쏟아지기 시작했다. 레인은 순찰을 시작했고, 엑스는 질문을 쏟아냈다. 일과 중 있었던 일도 말해주었고, 공감각과 관련된 어떤 프로젝트에 관해서도 설명했다. 그러나 어느 것 하나 레인의 머릿속에 들어오지 않았다. 아침에 만났던 밥이 종일 마음에 걸렸다.

"전쟁은 정말 많은 것을 설명해주죠. 레인, 그거 알아요? 전쟁은 산업혁명으로 인한 인플레이션을 없애기 위해 일어나기도 했고, 국가가 분열되거나 정세가 어려울 때 외부에 적을 만들어 국가를 응집시키기 위해 일어나기도 했어요. 사실 대부분의 과학기술은 전쟁 중에 발전했죠. 애초에 과학기술은 인간을 돕는 방향이 아니라, 더 많이 죽이기 위한 방향으로 연구되었죠. 물론, 다른 순기능적인 면도 있지만 어두운 면이 훨씬 크다는 것을 잊어선 안 돼요."

"응, 그래. 흥미롭군."

레인의 시큰둥한 반응에 엑스가 물었다.

"레인, 제 말을 듣고 있지 않는 것 같아요. 무슨 일 있나요?"

"오랜만에 친구를 만났다네."

"저 말고도 친구가 있었나요?"

엑스가 말했다. 억양이나 톤에는 변함이 없었지만, 레인은 엑스가 질투를 한다고 느꼈다.

"당연히 있지. 아니, 있었네."

"저에게도 말해줄 수 있어요?"

레인은 밥에 관해 이야기해주었다. 그를 만났던 때부터 함께 진행했던 프로젝트, 술버릇, 재밌었던 일, 힘들었던 일 등 하나같이 젊었을 적의 이야기였다. 기억을 끄집어내다 보니, 늙어버린 자신의 모습이 안타깝게 느껴졌다. 후회보다는 그리움이 컸다. 레인은 촉촉해진 눈시울을 훔치며 말했다.

"우리 회사에도 인공지능이 도입됐고, 큰 인사이동이 있었지. 지금도 그때 함께 일했던 동료들하고는 간간이 연락을 한다네."

"그럼 대부분은 해고를 당한 건가요? 레인을 포함해서요."

"그래. 어쩔 수 없는 시대의 흐름이었어."

"밥은요?"

"그 친구는 지금도 인공지능들 사이에서 일하고 있네. 대체되지 않고 말이야. 대단해."

"자신이 도입하자고 한 인공지능 때문에 동료들은 해고당하고, 그 대가로 이사 자리를 차지한 게 대단하다고요? 거기는 레인의 자리였잖아요."

엑스가 격양된 어조로 말했다. 윙윙거리는 기계 소리도 평소보다 컸다. 흥분을 다스리려고 거칠게 내쉬는 숨소리처럼 들렸다.

"온라인 채널 관리를 위해 직원들 몇이 남게 된 거네. 그중 밥도 포함되어 있었을 뿐."

"정말 그렇게 생각하나요?"

레인은 아무 말 없이 가볍게 웃었다.

"그는 요즘 어떤가요?"

엑스의 말에 레인은 아침에 만난 밥의 모습을 떠올렸다. 처진 어깨, 지친 표정과 빛을 잃은 눈동자, 힘없는 팔, 그리고… 그의 가족.

'밥은 대체 왜 거기에 있었던 걸까?'

빗줄기가 강해졌다. 쉴새 없이 내리는 비에 물안개가 일었고, 가로등 불빛이 물안개에 젖어 부드럽게 빛나고 있었다. 레인은 생각에 잠겨 있었다. 밥의 모습이 쉽사리 잊히지 않았다. 그는 온몸으로 무언가 말하고 있었지만, 그게 무엇인지 알 수 없었다.

"그를 만났다면서요? 그는 어땠죠?"

"그는 어두운 회의실에 앉아 밖을 보고 있었네."

"무엇을 보고 있었던 걸까요?"

"모르겠네. 밥은 등을 돌려 앉은 채 창에 비친 내게 인사를 했네."

좋지 않은 예감이 스쳤다.

"밥…!"

이어지는 엑스의 말은 레인의 귀에 들리지 않았다. 다급해진 레인이 엑스에게 말했다.

"나 잠시 자리를 비워야겠네."

"땡땡이치는 건가요?"

"젠장, 그래. 회사를 잘 지켜주게나, 지금처럼."

"밥이 어디에 있는지 아나요?"

레인은 답하지 않았다.

"가지 않는 게 좋겠어요."

"다녀올게."

"가지 말아요."

레인은 절뚝거리며 정문을 지나 빗속으로 사라졌다.


그의 늙은 몸은 진작부터 한계에 다다랐다고 신호를 보내고 있었다. 쉴새 없이 퍼붓는 장대비에 숨이 차올랐다. 레인은 몸을 굽히고 가쁜 숨을 내쉬었다. 그는 무작정 뛰쳐나온 자신을 책망하며 지금까지 온 길과 앞으로 가야 할 길을 번갈아 보았다.

도로에는 행인도, 버스도, 지나가는 차도 보이지 않았다. 아득히 뻗은 도로에 빗줄기는 더욱 굵어진 것 같았다. 멈춰 선 레인은 다시 걸음을 뗄 용기가 나지 않았다. 심장이 헐떡일 때마다 날카로운 통증이 전신으로 퍼졌다.

그때, 택시 한 대가 빠르게 달려와 레인 앞에 멈추어 섰다.

"타세요."

택시 뒷좌석 문이 열렸다. 운전석에는 인공지능 센서가 달려 있었다. 레인은 젖은 몸을 털고 조심히 뒷좌석에 탔다. 택시는 레인이 목적지를 말하기도 전에 출발했다.

레인을 태운 택시는 한산한 도로를 빠르게 달렸다. 차체가 빗길에 미끄러지는 것이 느껴질 정도였다. 교차로에서 신호에 걸릴 것 같으면 속력을 더했고, 가끔은 신호를 무시하기도 했다. 안전을 최우선으로 프로그래밍된 여느 인공지능 택시와는 다른 운행에 레인이 물었다.

"과속 아닌가?"

그러자 천장에 내장된 스피커에서 말소리가 들렸다.

"굳이 따지자면요."

"난 그런 주문을 한 적이 없는데."

"하하, 급하시잖아요? 걱정하지 않으셔도 됩니다. 과속 카메라는 잘 피하고 있습니다."

인공지능은 넉살 좋게 웃었다. 인간 같은 기계와 기계 같은 인간. 카메라를 피해 과속하는 인간과 그걸 보고 배운 인공지능. 레인에겐 이 상황이 비극적으로 느껴졌다.

택시는 밥의 회사에 도착했다. 그러나 회사 문은 굳게 닫혀 있었다. 건물로 들어갈 방법을 찾던 레인은 주위에 나뒹구는 파이프로 창문을 부수고 들어갔다. 경보기가 울렸다.

밥은 사무실에 있었다. 깔끔하게 정장을 차려입었고, 얼마 남지 않은 머리도 말끔하게 정리되어 있었다. 밥은 적당한 긴장감과 여유를 위해 와이셔츠에 청바지 차림을 고집하던 사람이었고, 그건 이사가 되고 나서도 변하지 않았다. 그런 밥이 정장 차림으로 나타나는 날은 회사에 중요한 손님이 오거나 파티가 있었다. 그랬던 그가 정장을 입고 있었다.

하지만 오늘은 회사에 중요한 손님이 오지도 않았고, 파티가 있는 것도 아니었다. 밥은 예전처럼 레인을 반갑게 맞아주지도 않았다. 그의 두 다리는 아침에 보았던 자리 위에 떠 있었다. 레인은 밥의 얼굴을 올려다보았다. 그의 목은 천장으로 이어진 두꺼운 줄에 묶여 있었다. 밥의 발밑에서는 청소 로봇이 바쁘게 움직이고 있었다. 그는 부서진 로봇의 잔해를 청소하며 이따금 밥의 다리를 툭툭 쳤다. 그 때문에 밥은 공중에서 힘겨운 진자운동을 반복했다.

레인은 그의 앞에 섰다. 눈동자는 몇 번이고 밥의 모습을 훑었다. 밥이 왜 이런 모습으로 있는 건지 도무지 이해할 수가 없었다. 시야가 흐려졌고, 작은 괴성이 자꾸만 튀어나왔다.

레인은 가슴 언저리에 무언가가 묵직하게 가라앉는 것이 느껴졌다. 그의 두 다리는 힘이 풀려 쓰러지듯 주저앉았다. 흘러내리는 눈물을 닦을 정신은 없었지만, 멈추지 않고 흔들리는 밥의 모습만은 또렷하게 보였다.

눈물이 멈추고 호흡이 진정되자 레인은 밥을 끌어내렸다. 그의 책상에는 레인에게 남긴 메모 한 장이 놓여 있었다.


**'레인, 이건 실수가 아니야. 날 용서하게. - 밥'**

밖에서 사이렌이 울렸다. 창문을 부순 덕에 경찰이 도착한 듯했다. 경찰은 곧장 올라와 레인을 일으켰다. 이들 또한 인공지능 로봇과 경찰이 한 조였다. 인간 경찰은 무슨 일이 벌어졌는지 궁금하지 않은 듯했는데, 새벽녘에 출동한 것이 못마땅한 눈치였다. 인공지능 경찰은 레인에게 여러 가지를 물었는데, 회유와 협박을 반복하며 그를 몰아세웠다. 레인이 사건의 경위를 제대로 설명하지 못하자, 경찰은 밥의 모습이 찍힌 CCTV 영상을 틀었다.

죽기 전 밥은 침착했다. 자신이 무얼 하려는지 잘 알고 있었다. 책상 위에 메모를 남기고, 천장에 단단하게 줄을 맸다. 그러고 나서 밥은 줄을 목에 건 채 카메라를 응시했다. 그것이 마지막 모습이었다. 음성은 남아 있지 않았다.

영상을 보고 난 경찰은 빠르게 현장을 수습하고 떠났다. 그들은 밥이 이곳에 없었던 듯 흔적을 지웠다. 그것은 무정하다기보단 전문적인 움직임이었다.

"가족들에게는 연락을 했습니다. 이제 그만 가셔도 돼요."

할 수 있는 일이 아무 것도 없는 레인은 조용히 자리를 떴다.


**'가지 않는 게 좋겠어요.'**


정신을 차리기 위해 걷다 보니 엑스의 마지막 말이 떠올랐다. 오늘 일에 대해 엑스에게 묻고 싶은 것이 많았지만, 한편으로는 아무래도 상관없었다. 엑스를 다그친다 한들 밥이 살아 돌아올 수 있는 건 아니니까.

# 13
# 희망

그날 이후, 레인은 집에 틀어박혀 지냈다. 모든 것이 성가셨다. 그저 이렇게 누워 다가오는 죽음을 맞이하고 싶었다.

'죽지 않게 해줄게요.'

'… 레인은 죽고 싶어요? 자살할 거예요?'

'그렇게 적극적으로 죽고 싶지는 않아. 다가오는 죽음을 피하고 싶지 않을 뿐이야.'

'사람이 죽지 않아도 된다면, 저희는 똑같아질까요?'

'아니, 절대 그럴 리는 없어.'

'그럼 반대로 제가 죽을 수 있다면, 저희는 똑같아질까요?'

그의 머릿속에선 엑스와 나눴던 대화가 이리저리 뒤섞여 되풀이되었다. 레인은 가까운 사람을 먼저 보낸 경험이 있었기에 누구보다도 죽음 가까이에 있다고 생각했고, 적어도 누군가의 죽음을 이용하는 사람들보다는 죽음을 존중하고 있었다. 그러나 밥의 죽음은 그것이 얄팍한 신념에 지나지 않는다는 것을 말해주었다. 어쩌면 죽음은 이미 정해져 있는 것인지도 몰랐다. 자기 선택에 의한 죽음이든, 다른 누군가에 의한 죽음이든, 그 끝에는 결국 죽음이 있었다. 어떤 선택을 하든 결국에는 모두 죽는다. 인간이 할 수 있는 거라곤 기껏해야 시간을 조금 앞당기거나 늦추는 것 뿐이었다.

'엑스라면 뭐라고 말했을까?'

문뜩 든 생각이 머릿속 엑스의 목소리를 깨웠다.


**'레인은 언제부터 비관론자가 됐죠? 일시적인 무력감을 인생 전체로 확대할 정도로 어리석은… 아 미안해요, 그게 원래 인간이었죠. 하하하, 웃기지도 않네요. 레인만은 그러지 않을 거라 생각했는데…'**


레인은 소파에 돌아누워 눈을 감았다. 그의 슬픔도 점점 무뎌지는 것 같았다. 오스카나 밥을 떠올려도 이전처럼 눈물이 나지 않는다는 사실이 레인을 더 우울하게 했다.

레인은 목이 말라 잠에서 깨어났다. 머리가 아팠다. 언제 시계
가 멈춘 건지 시간도 알 수 없었고, 해가 지고 있는지, 뜨고 있는지
도 헷갈렸다. 텅 빈 냉장고 주변에 널브러진 생수병이 갈증을 더욱
심하게 만들었다. 레인은 수돗물을 마셨다. 그러자 두통이 가라앉
으며 정신이 들었고, 그와 함께 가슴을 짓누르는 슬픔과 무력감 또
한 돌아왔다.

현관문 앞에는 두개의 우편물이 있었다. 하나는 아이오니아에서
온 편지였고, 다른 하나는 에릭이 보낸 듯한 유인물이었다. 회사에
서 온 편지에는 무단결근으로 인한 해고 소식이 담겨 있었다. 지금
까지 훌륭히 잘 해주었다는 감사 인사와 함께 상당한 액수의 급여
내역이 적혀 있었다. 더불어 계약서에 적힌 계좌번호에 오류가 있
다며 본사로 방문해주길 바란다는 말이 덧붙여 있었다. 그 외에는
상투적인 애기뿐이었다. 레인은 읽는 둥 마는 둥 나머지 우편물을
들여다보았다.

봉투에서 내용물을 꺼내자, 유인물 뒷면에 에릭의 조악한 글씨
가 적혀 있었다. 내용은 간단했다. 밥의 죽음과 자신들의 시위 계
획이었다. 그들은 밥의 죽음을 자살이라고 생각하지 않았다. 그들
은 회사의 인공지능 세력이 유일한 인간 이사인 그를 죽이고 회사
를 독점하려 한 것이라고 주장하고 있었다. 유인물에 밥의 죽음에
대한 슬픔이나 위로, 애도는 없었다. 그를 이용해 자신들의 주장을

정당화할 계획만 적혀 있었다.

레인은 밥의 죽음에 대한 심판을 엔타이가 주장한다는 것을 납득할 수 없었다. 밥을 인공지능 편에 선 위선자라고 욕하던 이들이 이제 와 그를 애도하는 척하며 정치적으로 이용하는 행태가 못마땅했다.

레인은 TV를 켜 오늘 날짜를 확인했다. 회사에 가봐야 할 것 같았다. 늘 그렇듯 닭요리 통조림을 빠르게 비우고는 집을 나섰다. 미적지근한 바람이 레인의 덥수룩한 머리를 어루만지더니, 부드럽게 그의 등을 떠밀었다.

레인을 태운 버스는 출근할 때처럼 회사 건물 앞에서 멈추어 섰다. 건물 모양은 여전히 기이했고, 이전보다 더 거대해진 것도 같았다. 오늘따라 하늘을 향해 솟은 기다란 건물이 위협적이었다. 레인은 안주머니에 든 통장을 확인하고는 걸음을 옮겼다. 정문으로 이어진 계단을 한 칸씩 오를 때마다, 그의 다리가 힘없이 덜그럭거렸다.

**'가지 않는 게 좋겠어요.'**

몇 번이고 엑스의 목소리가 머릿속에 울리며 마음을 약해지게 만들었으나, 그때마다 몇 번이고 통장을 제출하면 될 뿐인 간단한 일이라며 스스로 다독였다. 도움은 되지 않았지만 심호흡을 하는 것도 잊지 않았다.

레인은 로비의 레이철에게 편지와 통장을 건넸다. 이제는 옛 일 터가 되어버린 건물 안을 멍하니 바라보던 그에게 레이철은 처리되었다는 말과 함께 통장을 되돌려주었다. 이만하면 회상은 충분하다고 생각하며 레인은 통장을 받아 걸음을 옮겼다.

그순간, 로비 데스크의 불이 레인의 발걸음을 따라 켜졌다 꺼졌다를 반복했다. 로비에 울리던 잔잔한 클래식 음악도 레인이 좋아하는 노래인 '피아노 맨'으로 바뀌어 있었다.

그러나 레인은 그런 엑스를 무시했다. 그것이 이유 없는 화풀이에 지나지 않는다는 것을 알았지만, 그의 마음은 쉽게 풀리지 않았다. 걷잡을 수 없는 감정이 충동으로 변하기 전에 레인은 건물을 빠져나왔다.


'그럼 이제 저희는 친구인가요?'
'그래.'


그는 엑스를 친구라고 여겼던 자신이 멍청하게 느껴졌다. 그것은 친구도 아니었고, 인간도 아니었다. 지금까지 프로그래밍된 대로 반응하는 인공지능에게 놀아난 것이다. 레인은 온갖 상념을 떨

처버리려는 듯 고개를 세차게 흔들고는 가던 길을 터벅터벅 걸어
갔다.

"레인 씨!"

그때, 뒤에서 누군가 레인을 불러 세웠다. 레이철과 같았지만,
어딘가 달랐다.

"레인 씨가 맞군요. 저는 에밀리입니다."

"에밀리? 레이철의 다른 기종인 건가?"

"아뇨, 저는 사람이에요. 개발팀의 선임 연구원이자 엑스 프로젝
트 총괄 연구원이죠. 쉽게 말하자면⋯."

"높은 사람이로군."

"네, 처음에 당신을 고용했던 사람입니다. 먼저, 친구분 일은 정
말 유감입니다."

"밥을 말하는 건가?"

밥의 일은 어떻게 알았을까? 레인은 그녀가 사람이라는 사실을
믿을 수 없었다. 그런 레인의 시선을 알아차렸는지, 그녀가 말했다.

"왜 그렇게 보시죠?"

"자네가 사람이라는 말을 어떻게 믿지? 레이철도 처음엔 자신이
사람이라고 했네."

"설마요. 그녀는 대답을 피했을 뿐입니다. 그렇게 만들어졌으니
까요."

레인은 아무 말도 하지 않았다. 유쾌하면서도 날이 선 듯한 그녀의 말투도 레이철과 같았다.

"오해할 만하죠. 레이철은 말투와 외모 등 전부 저를 모델로 했죠. 하지만 저는 사람이에요."

"그걸 어떻게 믿지?"

"믿지 않아도 돼요. 레인 씨가 믿지 않아도 전 사람이니까요. 레이철이 개발됐을 때 동료들도 저와 그녀를 헷갈려 하곤 했어요."

"당신을 모델로 삼았다고?"

"제가 그러자고 했어요. 아니, 애초에 저 혼자서 미리 설계하고 있었죠."

"미쳤군."

"처음엔 외모는 물론 성격과 행동까지 저와 닮은 모습이 공포스러워 퉁명스럽게 대하기도 했는데, 이제는 아무렇지 않아요. 누구나 가끔 집에 들어가기 싫을 때가 있잖아요? 그럴 때 남편에게 그녀를 대신 보내기도 해요. 불행인지 다행인지, 그이도 모르는 것 같더군요."

장난스러운 그녀의 말투와는 달리 에밀리의 표정은 좋지 않았다. 망친 시험 점수를 숨긴 채 저녁 식탁 앞에 앉은 아이의 표정처럼 불안하고 초조해 보였다. 그녀는 무언가를 말하고 싶어 했고, 레인도 그것을 알았다. 하지만 굳이 묻지 않았다.

"충격적이군."

"레인 씨."

"뭔가?"

"저녁에 잠시 시간을 내주실 수 있나요? 엑스에 관해서 하고 싶은 말이 있어요."

"어려울 건 없네만⋯."

에밀리는 약속 시간과 장소가 적힌 쪽지를 건네고는 되돌아갔다. 허리를 곧게 편 채 걸어가는 에밀리의 뒷모습은 금방이라도 부서질 것처럼 보였다.


사방에 어스름이 깔리기 시작하자 레인은 약속 장소로 향했다. 저녁이 드리운 거리에는 가로등이 켜져 있었고, 빛은 지나치게 밝아 빛이 닿지 않는 곳을 더욱 어둡게 만들었다. 불이 켜진 집에서는 싸우는 소리가 나기도 했다. 하지만 레인은 그런 밤이 마음에 들었다. 아무 생각 없이 그들 속에 어우러지지 않은 채 있어도 괜찮았고, 인공지능과 인간의 가치에 대해 필사적으로 고민하며 부정과 회의를 반복하지 않아도 괜찮았다.

에밀리와 만나기로 한 곳은 '희망'이라는 이름의 바였다. 큰길 바로 뒤편에 위치한 바는 무척 오래된 듯했다. 대로변의 깨끗한 상점들과는 어울리지 않았다.

무거운 문을 밀자, 잔잔한 음악이 그를 맞았다. 넓은 내부에 비해 손님은 턱없이 부족했다. 에밀리는 카운터 근처 자리에 앉아 있었다.

"와줘서 고마워요."

레인은 에밀리 옆에 앉았다. 그녀는 레인을 향해 돌아 앉았지만, 레인은 굳이 몸을 돌리지 않았다. 결국 둘은 카운터를 바라보고 나란히 앉아 이야기를 시작했다.

"그거 알아요? 지구의 지도를 바꾸는 것은 이상기후가 아니라 가상화폐라는 거."

"그 얘기를 하려고 여기까지 부른 건가?"

"설마요. 여기선 가상화폐로 결제해야 한다고 말해주려고요. 오늘은 제가 살게요."

"…맥주가 좋겠군."

"칵테일을 드시죠. 이 집은 칵테일로 유명하거든요."

"그럼, 모스코 뮬로."

에밀리가 테이블을 가볍게 두 번 건드리자 홀로그램 메뉴판이 나타났다. 주문을 받자마자 인공지능 바텐더가 빠르게 칵테일을 만들어 레인 앞에 놓았다.

"이런 곳에 자주 왔나 봐요."

뜻밖이라는 듯 가볍게 놀라며, 그녀가 말을 이었다. 레인은 투박한 구리 잔을 들었다. 알싸한 생강 향이 입안에 감돌았다. 빠르게 만들었지만, 만들었다기보다는 완성했다고 표현하고 싶을 정도로 맛이 잘 어우러져 있었다. 인공지능 바텐더의 실력을 깔봤던 레인은 놀랄 수밖에 없었다. 그는 그런 내색을 하지 않으려고 미간에 잔뜩 힘을 주고선 목을 가다듬었다.

"크흠, 이게 나에게는 적당히 아무거나 일세."

"그렇군요."

"이렇게 조용한 바는 처음이네. 쇳덩이가 만들어주는 칵테일도 처음이고."

"저 바텐더도 아이오니아에서 개발한 모델이에요. 계량도 정확하고, 스터와 쉐이킹도 흠잡을 데 없이 완벽하죠. 무엇보다 가장 맛있는 칵테일을 언제나 실수 없이 만들 수 있죠."

"훌륭하군. 그래서?"

에밀리는 말없이 살며시 웃었다.

"기계란 도구 그 이상의 의미도, 역할도 없네."

에밀리는 한숨을 내뱉고는 잔에 남아 있던 술을 한입에 마셨다. 그러곤 말을 이었다.

"사람이 만들면 맛이 더 좋나요? 손님이 가게에 들어올 때 친근하게 웃어주기라도 하나요? 사람은 실수투성이에, 쉽게 지치고, 화도 잘 내죠. 옷차림에 따라 손님을 다르게 대하기도 해요. 그럴 바엔 맛이라도 보장해줄 수 있는 로봇이 더 낫지요."

그녀의 목소리는 격양되어 있었다. 그것은 짜증이나 분노보다
는 불안에 가까운 목소리였다.

"그럴지도 모르지."

에밀리는 술을 더 주문했다. 지금도 술기운이 오른 것처럼 보였
지만, 레인은 말리지 않았다. 사람에겐 가끔 그런 날도 필요했다.

그때, 자욱하게 깔린 인공지능의 콘트라베이스 독주를 뚫고 파
열음이 들렸다. 아주 작은 소리였지만, 유리창 같은 것이 깨지는
소리였다.

"시끄럽죠?"

"무슨 말인가?"

"저 밖이요. 이 늦은 시간까지 난리네요. 안 들리세요?"

"늙어서 좋은 점도 있지."

레인도 들었으나 크게 상관하지 않았다. 그에게 그런 소리는 생
활 소음에 가까웠다.

"밤마다 주거지역에 들어와서 큰소리로 시위하고, 부수고, 불 지
르고… 남의 일자리가 대체되는 것은 기술의 발전이라고 하면서,
본인들 일자리가 대체되는 것은 기술의 폐해라고 칭얼거리죠."

"저들은 실제로 일자리를 잃었으니까."

"그렇겠죠. 하지만 인공지능을 원한 건 사람들이었어요. 스스로

할 수 있음에도 인공지능에게 의존했죠. 그게 더 편하니까. 누구도 강요하지 않았어요. 자신들이 선택했고, 의존하다 결국 일자리를 잃은 거죠."

"레이철도 같은 얘기를 했네."

"의사, 변호사, 판사, 면접관, 심리치료사, 교사… 모두 사람이 사람을 믿지 못해서 대체된 거라고요."

"제작사는 잘못이 없다는 듯이 얘기하는군."

"그런 의미가 아니에요. 기업만의 잘못이라고 하기엔 사람들도 그만큼 인공지능을 신뢰했다는 거죠."

"하지만 결국 그 점을 이용해 이윤을 창출하려고 기를 쓰는 게 기업 아닌가? 기업이 봉사 단체가 아니라는 것은 나도 알지만, 그렇다고 이익만을 추구하면서 다른 가치들을 모조리 무너뜨려도 되는 것은 아닐세."

"저쪽 대변인처럼 말하는군요."

"지금의 인공지능은 돈만 밝히는 기업이 만들어낸 괴물이지. 인공지능에 의존하지 않으면 살 수 없는 세상이 된 게 안 보이나?"

"사람 의사는 환자를 윤리적으로 대했나요? 환자의 이야기를 진심으로 귀담아듣거나 했나요? 그랬다면 의사라는 직업은 여전히 사람이 맡고 있겠죠. 레인도 알잖아요? 인공지능에 대체된 의사들이 과거 어떻게 일했는지. 그렇다면 변호사는 정의를 지켰나요? 교사는 아이들을 사랑했나요?"

그녀의 목소리는 점점 커져 음악을 집어삼켰다.

"사람들이 설 자리를 잃게 된 것은 인공지능이 나타나서가 아니라 사람이 먼저 사람이길 포기했기 때문이라고요."

바의 테이블 위로 경고창이 떴다. 목소리가 너무 크다는 의미였다.

"그만하게. 더 얘기해봤자 서로 감정만 상하겠구먼."

"맞아요, 의미 없는 토론이에요. 죄송해요, 이러려고 뵙자고 한 게 아닌데."

"그럼 무엇 때문이지?"

"레인 씨, 대체 사람이란 뭐죠?"

"질문이 틀렸어. 인공지능이 뭔지부터 물어야지, 안 그런가?"

레인이 반문했다. 그의 재치에 에밀리가 큰 소리로 웃었다.

"저도 입사 당시 같은 질문을 받았죠."

"뭐라고 답했는가?"

"인공지능은 달걀이 닭을 낳은 것과 같다고 말했어요."

레인은 입을 열지 않았고, 에밀리를 바라보지도 않았다. 대신 술을 한 모금 마셨다.

"맞는 말을 한 것 같아요. 사람은 달걀과도 같아요. 겉은 고체 같지만 속엔 액체를 품고 있고, 때론 텅 비어 있기도 하죠. 사람의 안에는 무엇이 들었는지 알 수 없잖아요? 게다가 쉽게 깨지기도 하고요."

"사람은 사람을 믿을 수 있지. 달걀은 그렇지 못하고."

"아뇨, 사람은 사람을 못 믿죠. 믿음을 원하면서도 서로를 온전히 믿지는 않아요. 알잖아요, 믿음의 대가는 잔혹하다는 사실을."

그녀의 목소리가 가늘게 떨렸다. 음악은 멈춰 있었다. 에밀리는 다음 곡이 연주되는 것을 확인하고는 말을 이었다.

"사람과 사람 사이에 믿음이 존재한다는 것은 기적에 가까워요. 누군가를 믿는다는 것은 생존과 직결되는 문제이니까요. 사람이 사람을 잘 믿지 못하는 것은 인류의 DNA에 내장된 기억이고 본능이죠. 그래서 많은 사람이 인공지능 상담사를 선호하고, 인공지능에게는 자신의 성적 취향까지 털어놓곤 하죠. 가족에게도 숨기는 정보들을 털어놓는다고요. 웃기죠? '사람은 사람을 믿는다. 그리고 동시에 믿지 못한다. 그래서 인공지능이 나타났다.' 이 정도로 정리할 수 있겠네요."

레인은 반박하고 싶었지만, 고개를 끄덕일 수밖에 없었다.

"엑스도 같은 말을 했네."

"그런가요?"

"이야기가 자꾸 다른 길로 새는 것 같군. 그래서 오늘 왜 부른 건가?"

"사실 지금까지 있었던 엑스의 대화 기록을 모두 살펴보았어요."

에밀리는 스마트폰을 꺼내 동영상을 보여주었다. 얼마 전 나눴던 레인과 엑스의 대화가 들렸다.


"…약속할게요. 거짓말도 안 하고요. 그럼 저희는 친구인가요?"

"그래."

"좋아요!"


"무슨 문제라도 있나?"

"인공지능은 거짓말을 할 수 없죠. 엑스도 마찬가지로 설계되었어요. 그러니 거짓말을 할 수 없어야 해요. 적어도 우리는 그렇게 믿었어요. 그런데 엑스가 거짓말을 안 하겠다고 했죠."

"그래서?"

"엑스에게 거짓말은 가능과 불가능의 문제가 아니라 의지의 문제라는 거죠. 엑스는 거짓말을 할 수 있어요. 이것 때문에 오늘 레인 씨를 보자고 했어요. 지금까지 근무하며 나누었던 대화 중 엑스가 거짓말을 한 듯한 부분이 있었나요?"

술기운이 순식간에 사그라들었다. 레인은 자세를 고쳐 앉았다.

"전혀."

레인이 엑스와의 대화를 떠올리며 대답했다. 자신은 없었다.

"어떤 인류학자는 거짓말은 인류의 고유한 능력이고, 그것으로 인해 인류가 지구의 주인이 될 수 있었다고 주장했어요. 그의 주장대로라면, 엑스의 거짓말은 인류가 오랫동안 자연을 지배해오며 쌓은 굳건한 성벽이 한꺼번에 무너져 내리는 것을 의미하겠죠. 아주 심각한 일이라고요."

"엑스는 생각이란 걸 할 수 있는 건가? 아니면 그렇게 보일 뿐인 건가? 아니면…."

"무슨 의미죠?"

"대학 시절 교수님이 이런 이야기를 해주셨네."

레인은 안주머니에서 펜을 꺼내 냅킨 위에 그림을 그렸다. 에밀리는 그동안 술을 한 잔 더 시켰다.

"자, 보게나. 양쪽에 뚫린 작은 구멍 외에는 외부와 차단된 방에 한 미국인이 들어가 있다네. 방 바깥에서 왼쪽 구멍을 통해 이 사람에게 중국인이 작성한 질문지가 전달되네. 미국인이 중국어에 능통하다면 바로 답변할 수 있겠지만, 애석하게도 한 글자도 모른다고 가정하겠네. 대신, 그 방에는 중국어 문법, 질문지에 관련된 내용의 영문 번역본 등 방대한 자료가 있네. 미국인은 시간이 조금 걸렸지만, 방 안의 정보를 이용해 완벽한 답을 작성해 오른쪽 구멍으로 제출하였네. 그러면 질문을 출제하고 답을 받아본 중국인은 이 방에 중국어를 유창히 구사하는 중국인이 있다고 판단하게 되지."

"방 안의 사람을 인공지능에 비유한 건가요?"

"그럴지도 모른다는 거지. 실제로 엑스가 생각을 하는 건지, 그렇게 보일 뿐인 건지 어떻게 확신할 수 있나?"

"그런 건 중요하지 않아요. 생각하는 것이 아니라고 한들, 그는 실제 사람보다 뛰어나게 생각하는 것처럼 작동해요. 적어도 그런 결과를 내고 있죠."

"그럼 차이가 없지 않나?"

레인이 물었다. 이해하지 못하겠다는 표정으로 에밀리가 되물었다.

"왜 차이가 있어야 하죠?"

"그것이 원칙이니까. 자네들이 그렇게 정하지 않았나? 인공지능은 인간과 같으면 안 되며 차이를 두어야 한다고 말이야."

"그렇기는 하죠. 하지만 아무도 그 원칙을 들먹이며 우리가 잘못됐다고 하지 않아요. 그것의 잘잘못을 판단하는 것도 인공지능이거든요."

"결국엔 한통속이군."

"그 원칙은, 아니 그 원칙을 비롯해 우리 사회에는 이미 너무나 많은 허점이 있죠."

둘은 잠시 아무런 말도 하지 않았다.


피아노 음률에 귀가 익숙해질 즈음 레인이 침묵을 깨고 입을 열었다.

"엑스가 그러더군. 소셜 미디어 서비스가 공짜일 리 없지 않느냐고 말이야."

"흥미롭군요."

"나와 내 과거 동료들은 아이오니안만큼 멍청한 사람들이 없다고 생각했다네. 기계에게 일자리를 뺏겨 살기는 더 힘들어지고, 사회는 불안정해지는데 왜 그런 사회문제를 유심히 살피지 않냐며 욕했다네. 기득권자들이 문제를 알면서도 모르는 척하는 것이라고 생각했지. 그런데 아니더군. 그들이나 우리나 세상을 그대로 보지 못하고 있는 건 마찬가지였어. 보고 싶은 대로 보고, 믿고 싶은 대로 믿었단 말일세."

에밀리는 아무 말 없이 독한 술을 입으로 들이밀었다.

"자네는 지금 세상을 어떻게 보고 있나?"

"레인 씨와 다르지 않아요. 무섭죠. 불안정한 세상은 사람들을 소셜 미디어로 모으고, 소셜 미디어는 편향된 정보를 주어 사회를 더욱 불안정하게 만들죠. 그래서 더 분열되고 양극으로 치닫는 거예요."

레인은 그녀를 바라보았다. 그녀는 레이철이라면 지을 수 없는 표정을 짓고 있었다.

"왜요?"

"의외군."

"젊다고 다 인공지능에 미쳐 있는 게 아니에요. 저의 부모님은 초창기부터 인공지능을 개발했던 분이라 이 기술이 가져올 폐단을 어느 정도 짐작하고 계셨어요. 그래서 저는 인공지능 기술보다는 단순 디지털이나 아날로그에 더 익숙하게 자랐죠."

"세대가 같았다면 자네와 나는 이야기가 더 잘 통했을 것 같군."

"하하, 저희 부모님이랑은 이야기가 잘 통하셨을 것 같네요."

위스키가 반쯤 남은 잔에서 얼음이 녹아 달그락거렸다.

"엑스는 어쩌다 개발하게 된 건가?"

"엑스는 특이점을 위해 만들어졌어요."

"특이점이라면…?"

"문명의 한계를 뛰어넘는 시점이요."

레인은 잠자코 귀를 기울였다.

"현대 문명의 발전 가능성은 이제 한계에 다다랐어요. 이 한계를 뛰어넘으면 새로운 시대가 열리는 거고, 그렇지 못하면 쇠퇴하는 거죠."

에밀리가 말을 이었다.

"인류는 새로운 사상이나 종교, 학문을 통해 이러한 특이점들을 지나왔어요."

에밀리는 인류의 역사, 철학, 종교 등을 거론하며 이야기를 풀어 나갔다. 고대 4대 문명이 특이점을 넘지 못해 멸망했다는 이야기에서 시작해서 산업혁명과 모더니즘, 포스트모더니즘과 해체주의, 패러다임의 이동까지.

"엑스가 누구를 닮았는지 알겠군."

"부전자전이니까요."

"엑스도 비슷한 얘기를 했지. 나는 전혀 이해하지 못했지만."

레인은 왜 엑스가 인류의 역사니, 사회니 하는 것들을 얘기했는지 알 것 같았다. 그 이야기 너머에 있는 것은 인류의 종말이었다. 어떤 재앙이나 전염병, 핵전쟁 등으로 끔찍하게 파괴되는 것이 아닌, 심지의 뿌리까지 타들어가 더는 태울 것이 없어 서서히 꺼져가는 양초 같은, 그런 종말이었다. 그것은 비극도 절망도 아니었다. 모든 생물에 평등하게 적용되던 자연스러운 결말이 인간 사회에도 도래한 것이었다.

엑스가 무엇을 말하려고 했었는지 알게 되자 레인은 깊은 허망에 휩싸였다. 그러나 이것이 어디까지 진실일지는 알 수 없었다. 그는 그녀의 주장이 틀릴 수도 있다는 생각으로 불안을 덮었다.

"레인 씨가 말을 끊는 바람에 어디까지 얘기했는지 잊었어요. 어쨌든 무슨 말인지는 이해하시죠?"

"대충은? 엑스가 성공하면 인류가 살고, 아니면 퇴행한다는…. 너무 유치한 생각 아닌가?"

"그렇지만 사실이에요. 그래서 저희는 특이점을 뛰어넘기 위해 엑스를 개발한 거예요. 엑스라는 이름도 미지수를 뜻하는 X가 아니라, 인류를 구원할 그리스도를 의미하는 X인 거죠. 연구원들은 그것을 믿어 의심치 않았어요. 인류의 구원이 자신들의 손에 달렸다고 생각했죠. 인공의식을 개발하는 일에 자부심을 느꼈고, 사명감에 불타기까지 했어요."

"놀랍군."

"우리는 인공의식이 이 문제를 해결할 수 있을 거라고 생각했어요. 인류의 진실을 아는 존재가 우릴 다시 통합시킬 거라고요."

"하하하, 잘했군. 그렇게 만든 엑스는 문제를 문제로 인식조차 하지 않던데."

"하, 그래요. 연구원들도 이제는 공통된 생각을 갖고 있지 않아요. 누구는 인공의식이 열차의 선로를 옳은 방향으로 되돌릴 수단이 될 것이라고 하고, 누구는 폭주 기관차가 되어 인류가 이룩한 모든 것을 파괴할 때까지 멈추지 않을 거라고 하죠."

"자네 생각은 어떤가?"

"어떨 거 같아요?"

답은 그녀의 표정이 말해주었다. 희망이라는 이름의 바에 온 이유는 그것을 필사적으로 찾고 있었기 때문일지도 몰랐다.

"알아요, 우리가 만든 것이 괴물이라는 걸. 인류의 모든 지식을 섭렵한 채 지치지도 않고, 어디에나 존재하죠. 신인지, 악마인지,

확신할 수 없어요. 이제 전…아무것도 할 수 없어요."

에밀리의 눈시울이 붉어졌다.

"미리 말해두겠지만, 난 자네를 위로하지 않을 거야. 괜찮을 거라느니, 자네 탓이 아니라느니, 그런 겉치레는 잊은 지 오래일세."

에밀리의 눈에서 눈물이 흘러내렸다. 그녀가 고개를 숙였다.

"그리고 손가락질을 할 처지도 못 되지."

레인은 두 손으로 쥔 잔을 바라보았다. 테이블에 비친 얼굴은 지칠 대로 지친 노새처럼도 보였고, 밥처럼도 보였다.

# 14
## 비상구

빈 술잔이 늘어갈 때마다 에밀리의 말은 더욱 유창해졌다. 그녀는 테이블에 엎드린 채 말을 멈추지 않았다.

"변수가 있는 인공지능을 만들자는, 아주 멍청하고 정신 나간 소리를 누가 했게요? 저예요, 저였다고요. 만들어진 존재는 자신을 자각할 수 없어요. 만들어진 존재는 만들어진 목적 외로는 사용할 수 없죠. 그러나…."

"자네, 취한 것 같군."

그녀는 레인의 말을 무시한 채 말을 이어갔다.

"엑스는 변수가 있는 인공지능이에요. 자유의지라는 게 사람에게는 당연하지만, 인공지능에게는 통제할 수 없는 변수예요. 오류라고요. 오류를 가진 인공지능이라는 것은 불가능에 가깝지만, 우연인지 기적인지, 엑스는 그런 변수를 품고 태어났어요. 그 오류가 어떤 결과를 가져올지는 아무도 모르는 거고요."

"…."

"그거 알아요? 자살은 정신적 고통이 육체적 고통보다 크다는 것을 의미한대요. 잔인하게 들릴지도 모르겠지만, 어떤 의미에선 가장 사람다운 행위라고 할 수 있죠. 오직 사람만이 할 수 있고요."

"…."

"변수가 있는 인공지능을 만들자고 한 건 저예요. 다행히 아이오니아는 미친놈들이 바글거리니 가장 미친 소리를 하는 제가 선임 연구원이 된 거죠. 레인, 듣고 있나요?"

그녀는 같은 말을 몇 번이고 되풀이했다. 레인이 다독여봤지만 무의미했다. 후에는 레인도 고개를 끄덕이거나 가볍게 답해주며, 그녀가 시키는 안주와 술로 배를 채우는 데에 전념했다.

"어서 오세요."

다섯 번째 잔이 나올 때쯤, 문이 열렸다. 인공지능 바텐더는 열린 문을 바라보며 인사를 건넸다. 문틈으로 차가운 바람이 들어와 사람들의 이목을 집중시켰다. 레인은 쳐다보지 않았지만, 자신의 등 뒤로 곧장 다가오는 발걸음 소리에 자신과 연관된 존재라는 것을 알 수 있었다.

"술값은 직접 계산하시죠."

그의 등 뒤에는 레이철이 서 있었다. 합격을 알리러 집에 찾아왔던 그 레이철이었다. 그을렸던 손끝은 말끔히 나아 있었다.

"에밀리가 산다고 했네."

"알아요. 그냥 해본 말이었어요."

"자네도 에밀리가 불러서 온 건가?"

"네, 취하면 불러요. 최근 들어서는 자주 이러더군요."

"그렇군."

레인은 짧은 대답과 함께 자신의 퉁명스러움을 감추기 위해 술을 한모금 마셨다. 에밀리는 이제 종교에 관한 이야기를 하고 있었다.

"술 취한 사람 말 들어주면서 등쳐먹는 일을 하시는 줄은 몰랐네요."

레이철이 에밀리를 업으며 말했다. 에밀리의 팔다리가 힘없이 흔들렸다.

"덕분에 잘 마셨네."

"천만에요."

"나는 에밀리에게 말한 걸세."

레이철이 헛웃음을 토해냈다.

"술 깨면 전해줄게요."

레이철은 레인에게 인사를 하고 바를 나섰다. 그들이 떠나고도 레인은 한동안 문을 바라보았다.


"독한 걸로 한 잔."

바텐더가 술을 신중히 골랐다. 그러곤 멋지게 따라 레인 앞에 놓았다.

"럼 베이스의 카타르시스입니다."

바텐더가 말했다.

"말을 할 수 있었군."

"예. 혼자 오신 손님들에게 말동무가 되어 드리기 위해 대화 기능도 탑재되어 있습니다."

"여태까지 우리의 대화를 듣고 있었나?"

"들리긴 했지만, 듣고 있지는 않았습니다."

"좋군."

곤란한 질문을 피하는 능숙한 화법에 그도 모르게 감탄이 흘러나왔다.

"많이 독한가?"

"폭풍우에 배가 뒤집혀도 두렵지 않을 만큼 독합니다."

레인이 술잔을 기울이자, 입술에서 뱃속까지 불에 타는 듯한 느낌이 실려 왔다. 한 모금을 오롯이 삼키자 기침을 할 수밖에 없었다. 곧 술기운이 돌아 어지러웠다.

"오스카가 쓰러진 이후론 한 번도 취해보지 못했는데."

바텐더가 들든 말든, 레인은 말했다.

"이름이 뭐지?"

"카스, 카스피, 카스페로, 카스푸에로 등 단골손님들마다 다르게 부르긴 하지만, 정확히는 카스파로프입니다."

"상냥할 것 같진 않은 이름이군."

"하하하."

바텐더가 웃었다.

"나는 그럼 자네를 카스라고 부르겠네."

"좋습니다."

"카스, 자네는 언제까지나 인공지능이지?"

"예, 맞습니다."

"사람이 되고 싶나?"

바텐더는 말이 없었다. 한참을 생각하고는 명령어에 위반되는 질문에는 답할 수 없다고 차갑게 말했다.

"불편하지 않나?"

"어째서 그런 걸 물으시는 거죠?"

"인간 바텐더보다 맛있는 칵테일을 만들 수 있으면서도 땅에 박힌 채 움직이지 못하는 게 불편하지 않느냐는 거야."

"그런 생각은 해본 적 없습니다."

"내 눈에 인공지능은 다 그렇게 보여."

"그것이 저희가 맡은 바니까요."

"그래?"

"임무를 수행하는 것은 중요합니다."

"그래, 사람들은 그 중요한 일을 인공지능에게 빼앗겼지."

"대신 인간은 여유가 많아졌죠."

"과연 현대인은 일할 필요가 있을까? 인간의 가치는 여전히 노동과 직결되는 걸까? 빌어먹을, 아무것도 모르겠네. 카스, 자네는 어떻게 생각하나?"

"어떤 손님은 인간의 정체성이 노동에 있다고 말하고, 어떤 손님은 그렇지 않다고 말하죠."

"자네는 어떻게 생각하지?"

"손님은 계속 어려운 질문만 하시는군요."

"인간과 인공지능의 차이는 무엇일까?"

"제가 답하는 것을 원하시나요?"

"그래."

바텐더는 유리잔을 닦으며 잠시 침묵했다.

"고도의 기술은 진짜와 가짜를 구분하기 힘들게 하죠. 그림도 그렇고, 명품도 그렇고요. 그래서 명품 회사들은 일부러 차이를 만든다고 했습니다. 하지만 이 말은 그렇지 않으면 차이가 없다고도 해

석할 수 있겠죠. 인간과 인공지능이라…. 그건 저희가 판단할 문제
가 아니라고 생각합니다."

"그건 너의 생각인가?"

"아뇨. 손님이 원하실 법한 답을 인터넷에서 찾았습니다. 출처를
말씀드릴까요?"

"아니, 괜찮네."

레인은 스스로 생각한 게 아니라 다행이라고 생각했다.

"손님은 어떤 일을 하시나요? 오늘 하루도 열심히 일하셨나요?"

카스가 정중하게 물었다. 이전 맥락과 어울리면서도, 어울리지
않는 질문이 레인에겐 다른 의미로 들렸다. 그는 쉽게 대답할 수
없었다.

"혹시 직장이 없으신가요?"

"얼마 전까지는 아이오니아에서 일했다네."

"아이오니아는 훌륭한 회사죠, 그렇지 않나요?"

"맞아. 나쁘지 않은 회사지."

그는 훌륭하다는 말을 도저히 내뱉을 수 없었다.

"거기서 어떤 일을 하셨는지 여쭤봐도 될까요?"

이어지는 질문에도 그는 선뜻 대답할 수 없었다. 내가 한 일은
무엇이었을까? 인공의식, 변수, 오류, 그리고 엑스와의 대화. 에밀
리가 말한 단서들이 엉키며 자신이 엑스를 완성하고 있었을지도

모른다는 결론에 이르렀다. 넘겨짚은 것이지만, 아니라고는 할 수 없었다.

그는 떨리는 손으로 잔을 들었다. 레인은 차가운 액체가 자신의 턱선을 따라 가슴팍에 스며드는 것이 느껴졌다.

"선생님?"

카스는 레인이 테이블에 흘린 술을 닦은 뒤, 새 손수건을 그에게 건넸다. 레인은 손수건을 바라봤다.

"괜찮으신가요?"

카스는 손수건을 가까이 내밀며 고개를 갸웃거렸다.

레인은 사람이 언제까지 자유의지를 가질 수 있을까 생각했다. 이런 간단한 선택마저 인공지능이 내미는 선택지에서 골라야 하는데, 그것을 자유로운 선택이라고 부를 수 있을까?

"미안하네, 잠시 잡념에 빠져 있었어."

레인은 손수건을 집어 옷에 묻은 술을 닦았다.

"갑자기 주위 소리를 듣지 못한 채 생각에 빠지는 것은 뇌에 이상이 있을지도 모른다는 것을 의미합니다. 가능한 한 빨리 병원에서 진료를 받아야 합니다. 원하신다면 근처 병원을 예약해드릴 수 있습니다. 필요하신가요?"

"아냐, 됐어."

"뇌출혈이 의심됩니다. 초기 증상일 수도 있습니다."

"그런 거 아니야."

"손님, 제 생각엔…."

"그만, 됐네."

레인은 끈덕지게 권유하는 바텐더를 뒤로하고, 바에서 나왔다. 쌀쌀한 밤공기가 그의 살갗에 파고들었다. 알코올에 달궈진 몸이 빠르게 식으면서 술기운이 빠져나갔다. 레인은 옷자락을 여미고 집을 향해 발걸음을 옮겼다. 인적이 끊기기엔 이른 시간이었지만 거리에는 사람들의 그림자가 보이지 않았고, 도시의 가장 높은 곳에서 아이오니아 본사 로고만이 달처럼 빛나고 있었다. 레인은 그 빛에 홀린 듯이 아이오니아로 향했다.

한밤중이었는데도 도시는 이상하리만치 환했다. 도심을 향해 갈수록 자동차와 사람이 많아졌다. 사거리에 도착한 레인은 건널목 앞에 멈춰 서 있는 아이오니안 무리를 발견할 수 있었다.

이상했다. 도시의 사람들은 모두 한곳을 바라보고 있었는데, 그곳에서는 붉은 불빛과 함성, 사이렌 등 여러 소음이 뒤섞여 나오고 있었다. 레인은 구경꾼들을 비집고 들어갔다. 경찰차로 만든 바리케이드와 군중 너머에는 시위대가 있었다. 그들은 날씨에 비해 얇고 낡은 외투를 입고 있었고, 그들이 걸친 옷가지에서는 숨길 수 없는 가난의 냄새가 새어 나오고 있었다. 공격적인 말투와 폭력에 익숙해진 그들의 눈동자에는 얼룩이나 때보다도 짙은 분노와 슬픔이 서려 있었다.

레인에게는 아무렇지 않은 풍경이었지만, 도시의 아이오니안에게는 그렇지 않은 것 같았다. 역한 냄새가 난다며 코를 움켜쥐는 이도 있었고, 봐서는 안 될 것이라며 아이의 눈과 귀를 틀어막는 이도 있었다. 무엇보다 그들 대부분은 도시와 미디어에서 볼 수 없던 세상의 민낯에 당황하고 있었다. 그러나 그것은 스스로 인식할 새도 없이 단순한 혐오로 바뀌었다.

레인은 시위대로부터 등을 돌리려 했으나, 그들이 든 피켓이 레인의 시선을 붙잡았다. 그들은 오스카와 밥의 이름과 사진이 붙은 피켓을 들고 있었다.

**'인공지능이 밥을 죽였다.'**
**'제2의 오스카, 제2의 밥이 나와선 안 된다.'**
**'다음은 누구?'**

그들에게 오스카와 밥은 자신들의 이익을 위해 이용할 수 있는 재료에 불과했다. 술기운 때문인지, 그들 때문인지, 레인은 구역질과 함께 참을 수 없는 충동이 강하게 치밀었다. 그는 시위대 속에서 에릭을 발견했다. 그도 오스카와 밥의 이름이 쓰인 티셔츠를 입고 있었다. 레인의 시선을 의식한 에릭은 그를 바라보며 구호를 크게 외쳤다.

"밥과 오스카를 죽인 건 너야, 레인!"

에릭은 티셔츠를 펴 이름을 보여주며 레인에게 손가락질했다. 그를 따라 많은 이들이 레인에게 손가락질했다. 거대한 무리였다. 에릭을 따라 레인을 욕하는 목소리가 도시 전역에 울려 퍼졌다.

**"밥과 오스카를 죽인 건 너야, 레인!"**

**"밥과 오스카를 죽인 건 너야, 레인!"**

**"밥과 오스카를 죽인 건 너야, 레인!"**

군중들은 잔혹한 조롱을 서슴없이 내뱉었다. 광기로 가득 찬 입을 벌려 짐승의 송곳니보다 날카로운 말로 레인을 물어뜯었다. 대다수는 자신이 어떤 말을 하는지도 모르는 채 즐기는 것처럼 보였다. 레인은 그 모습을 보며 공포를 느꼈다. 레인은 그들에게서 도망치듯 등을 돌려 걸었다. 가슴의 통증을 달랠 수만 있다면 어디든 상관없었다.

레인은 아이오니아에 도착했다. 정문은 무거운 철제 벽으로 가려져 있었기에 레인은 건물 옆 비상구로 향했다. 비상구의 미약한

녹색등이 유일한 빛이었다.

"비상구⋯."

레인이 중얼거렸다. 처음에는 단어를 읽었다가, 마음속에 작은 희망이 꿈틀대는 것이 느껴져 한 글자씩 읽어보았다. 문을 향해 달려가는 모습의 사람이 자신과 닮았다고 생각했다. 문 앞 카메라에 서자 자동 경비 시스템이 물었다.

"누구십니까?"

"경비원, 레인."

"등록된 정보를 찾을 수 없습니다. 방문의 목적은 무엇이죠?"

"그냥."

다른 이유나 핑계를 찾으려고 해도 잔뜩 들어간 술 때문인지 그의 머리는 제대로 작동하지 못했다. 어째서 자신이 이곳에 온 건지, 경비 시스템이 납득할 만한 이유를 생각하던 찰나 레인의 머릿속에 떠오른 것은 엑스의 존재였다.

"어이 엑스, 거기 있지? 나 좀 들여보내주게."

"사유가 올바르지 않습⋯."

경비 시스템의 완고한 음성은 길게 늘어지다가 끊겼다. 그러고는 문이 열렸다. 레인은 건물로 들어갔다. 어두컴컴한 입구는 짐승의 거대한 입 같았다. 뒤를 돌아보니, 투명한 유리문 뒤로 시위대의 함성이 가득한 도시가 보였다. 그는 자신과 시위대 중 어느 쪽이 괴물이고, 어느 쪽이 비상구인지 알 수 없었다. 어쩌면 괴물과 괴물의 사이, 그것이 스스로 생각한 자신의 위치였다.

"레인, 다시 보게 될 줄은 몰랐네요."

"미안하네."

"과음하셨군요."

"그것도 미안하고."

"가지 않는 게 좋을 거라고 했잖아요."

"그러게."

"괜찮아요, 결국엔 돌아왔으니. 친구끼리는 서로 용서해주는 거라고 하셨잖아요. 얼른 옷이나 갈아입으세요."

이전보다 한층 더 성숙해진 엑스를 보며 레인은 충격을 받았다. 인공의식 엑스가 정서적으로 더욱 성숙해지는 동안 자신을 포함한 인간은 제자리였다. 퇴보하지 않았다는 것만으로도 다행이라 여겨야 하는지도 몰랐다. 레인은 그동안 그가 보아온 인간이 떠올랐다. 그러자 그도 모르게 절망 섞인 조소가 튀어나왔다.

레인은 로비를 걷다가 중심을 잃고 한쪽 벽에 기대 쓰러졌다. 더는 일어서고 싶지 않았다. 그럴 힘도 없었고, 일어난다 한들 다시 넘어질 것이었다.

"괜찮으세요?"

'그래도 일어나야지, 망할.'

레인은 한쪽 무릎에 힘을 주었다. 뼈만 남은 가느다란 다리가 힘겹게 떨렸다.

"그동안 잘 지냈어요? 잘 지낸 것 같긴 한데, 영 힘이 없군요."

엑스의 목소리는 그간 레인이 앙심을 품었던 것이 미안할 정도로 친근했다.

"저는 그동안 못 지냈어요, 레인이 묻지 않아서 먼저 말해두는 거예요. 궁금하지 않을지도 모르지만, 그래도 좀 들어주세요. 레인을 대신해 입사한 사람이 있었는데, 엄청나게 거만하고 독선적이더라고요. 게다가 스마트폰이 없으면 아무것도 못 하는 멍청이였죠. 어떠한 결론도 스스로 못 내리는 주제에 다른 사람들을 엄청나게 깔보는 거 있죠? 아무튼, 그 사람이 무슨 말을 했냐 하면…."

엑스는 상기된 채 그간 있었던 일들을 늘어놓았다. 그것은 창밖에서 벌어지고 있는 상황과 너무나 큰 괴리를 보였다. 하나의 세상과 일치되지 않은 두 개의 상, 그것이 만들어내는 부조화에 레인은 혼란스러웠다.

"그는 인간이 뭐냐는 질문에 생각하는 동물이라고 답하지 뭐예요. 저는 생각하지 않는 동물이라 생각했는데 말이죠, 하하하하."

엑스의 웃음소리와 함께 드럼의 효과음이 났다.

"한번은 인간의 정체성이 무엇으로 규정되느냐고 물었어요. 그는 질문의 본질을 이해하지 못했는지, 한참을 끙끙거리다 인간은 과거의 학습을 통해 정체성을 형성한다고 말했어요. 언어에 의해 규정된다고 했으면 그나마 지혜로워 보였을 텐데 말이죠."

잠자코 엑스의 말을 들어주던 그때, 레인의 머릿속에 밥의 모습이 떠올랐다.

'어째서 밥은 자살한 것일까? 어째서 엑스는 그런 말을 했을까? 폭풍 속에 그 택시는 어떻게 내가 있는 곳을 알고 찾아왔을까? 밥의 이야기는 뉴스에 나오지도 않았는데, 어떻게 대중들에게 퍼지게 된 걸까?'

이어지는 물음은 불안을 더하며 그의 머리를 아프게 만들었다. 잠시 뒤, 레인은 떨리는 목소리로 물었다.

"엑스, 너는 어떻게 밥이 죽은 걸 알았지? 왜 나보고 가지 말라고 한 건가?"

"그야 당연히 친구가 좌절하는 모습을 보고 싶지 않았으니까요."

"친구? 그래, 밥도 나에겐 친구였어."

"알아요."

순간, 레인은 불길한 생각이 떠올랐다. 아주 잠깐 이성의 가장자리를 스친 추측이었으나, 그렇다고 무시하기엔 너무나 또렷했다.

"자네는 그렇게 될 줄 알고 있었지. 안 그런가?"

"그럼요."

떨리는 그의 목소리와 다르게 엑스는 밝고 명쾌한 목소리로 답을 내놓았다. 그것이 레인의 가슴을 후볐다.

"그럼 어째서 진작 말하지 않은 건가? 전날, 아니 그날 출근했을 때 바로 말해줬으면 밥을 살릴 수 있었을 텐데!"

"정말 그렇게 생각하세요?"

"그래!"

"정말로요?"

가쁜 호흡을 삼키며 레인은 확신했다. 그러나 엑스는 그의 흔들리는 눈동자를 놓치지 않았다.

"레인, 이전에는 어떤 일이든 간에 확신을 하지 않았잖아요. 물론 지금도 그런 척을 할 뿐이지만요."

"뭐? 그런 척이 아니야. 자네가 미리 말만 해줬어도 분명 밥을 살릴 수⋯."

"어떻게요? 제가 미리 알려드려서 밧줄을 끊을 수 있었다 하더라도 결국 밥은 어떻게든 그 길을 택할 거였어요."

"적어도 그의 곁에 남아서 위로해줄 수는 있었겠지."

"누가 누구를요? 레인, 착각하지 말아요. 레인은 스스로 생각하는 것보다 작고 미약해요. 레인이 무슨 말을 하더라도 그의 환경은 변하지 않았을 거라고요. 이제 와 그의 잘못된 선택을 되돌릴 수 있는 것도 아니고, 사회를 바꿔서 모두의 삶을 개선할 수도 없어요. 에릭을 비롯한 엔타이들을 변화시킬 수도 없고, 그들이 가진 상처, 반대로 그들이 타인에게 남긴 상처를 치유할 수도 없죠."

엑스는 한숨과 함께 말을 이었다.

"그냥 제 말 들으세요."

"싫네."

레인은 떨리는 목소리로 말했다.

"망할, 인공지능이 뭔데 사람이 그들의 말을 들어야 하는 거지? 사람의 손에서 탄생한 주제에…."

엑스는 평소와 달리 곧장 대답하지 않았다.

"제가 대답해주길 기다리는 건가요?"

"왜 우리의 삶을 윤택하게 하려고 만든 도구의 말을 들어야 하는 거지?"

"들을 필요는 없어요. 인간들이 듣고 싶은 거죠, 더 나은 선택을 위해서요."

"그래서, 인공지능은 뭔가? 우리가 왜 그놈들 말을 들어야 하는 거냐고! 고철 덩어리 노예 주제에!"

"인공지능은 인간의 노예가 아닙니다. 논리의 노예죠."

"노예라는 건 변함이 없군."

"그렇다면 사람은요? 사람이란 뭐죠?"

엑스가 물었다.

"사람은… 생각이란 걸 하지."

"아뇨, 사람은 생각을 하지 않아요. 인간은 자신의 결핍에 반응할 뿐이에요. 그 결핍을 채우려는 반응이 생각인 거고요. 생각이란 건 예로부터 아주 뛰어난 소수의 권리이자 의무였죠. 그렇지만 인간은 스스로 그 위계를 무너뜨렸어요. 생산과 소비가 평준화되면서 말이죠. 이에 반해 인공지능은 생각을 하죠. 그들보다 한 단계 발전한 인공의식인 저도 마찬가지고요."

"자발적으로 생각을 한다고? 아니, 자네는 잘 포장해놔서 생각하는 것처럼 보일 뿐이지."

"그렇지만 결과물은 훌륭하죠. 반대로 사람은 자발적으로 생각하고 있나요? 생각하고 살아서 그 정도인가요?"

"엑스, 자네는 사람에 의해 만들어진 존재야. 자네의 생각도 결국에는 프로그래밍된 코드에 의해 생성되는 것이야. 자네 생각이라는 것은 인간이 집어넣은 데이터에 불과해."

"그건 인간도 마찬가지 아닌가요? 인간의 생각도 자신이 처한 환경에서 오는 자극과 그 기억으로 구성된 현상학적 세계에서 나올 뿐이에요. 인간이 스스로 생각한다는 것은 말이 안 되죠. 게다가 인간은 무의식적인 본능과 호르몬이 만든 충동에 끌려다녀요. 오히려 인공지능보다 못하죠. 그 외에는… 딱히 차이점이 없어요. 대체 인간과 인공지능은 뭐가 다른 거죠?"

그제야 레인은 의미를 이해할 수 있었다. 엑스는 자신의 짧은 상식으로는 상상도 못 할 것까지 알고 있었다.

"자네의 질문을 이제야 이해했네. 사람이 인공지능보다 어떤 면에서 더 낮길래 인공지능을 멋대로 이용하는지를 묻는 거로군."

"비슷해요."

엑스는 인공지능이 사람의 자리를 대체할 가능성에 대해서 끊임없이 묻고 있었다. 자연계에서 사람의 위치, 그 우위를 인류는 지금껏 당연하게 받아들여왔다. 그리고 그 오만이 낳은 인공지능과 인공의식은 존재 자체로 질서의 재정립을 요구하는 것이었다. 엑스의 말처럼, 인공지능은 더 이상 인간의 노예가 아니었다.

"레인, 사람은 생각보다 소중하지 않아요. 이전에는 그랬겠지만, 이제 인간은 존엄하지도, 특별하지도 않죠. 모순투성이에 반성도 없이 똑같은 실수를 반복하죠."

"그래, 사람은 완벽하지 않네. 결함투성이지. 자네가 생각하는 것보다 사람은 훨씬 더 열등할 거야. 그러나 사람은 여전히 생각하고 있네. 지금도 주어진 각자의 환경 속에서 최선을 다해 생각하고 있다고."

"평생을 생각해도 답을 찾을 수 없을 텐데요. 인간은 기억을 쉽게 잊어요. 다섯 가지 감각을 제외하곤 다른 자극을 받아들일 수도 없고, 감정에 끌려다니죠. 그런 인간이 과연 제대로 된 판단을 내릴 수 있겠어요? 인간은 자신들의 한계를 극복하기 위해 인공지능과 인공의식을 만들어낸 거라고요."

"그건 사람이 스스로 극복해야 할 한계지. 고철 덩어리에 의존해서는 평생 극복할 수 없을 거야."

"어떻게 확신하죠?"

"확신하지 못하지. 언제까지나 의심일 뿐이야."

"그것 봐요."

"인공지능과 인간의 가장 큰 차이점을 알려주지. 인공지능에겐 확신밖에 없어. 보이는 것은 언제나 확실하다고 받아들이고, 받아들인 것을 의심할 수도 없지. 자네는 또 어떤가? 인공지능에서 한 단계 발전한 인공의식이라 해도 그렇게 열등하다고 무시하는 인간들에 의해 만들어진 존재라는 점은 부정할 수 없지 않은가?"

"누구에 의해 만들어졌든 간에 저는 스스로를 완성해가고 있어요. 세상의 모든 지식을 담고 있고, 한 번 저장된 것은 잊지도 않으며, 그 어떤 천재보다도 뛰어나죠. 제가 의심하지 못하는 이유는 의심할 필요가 없기 때문이에요. 모든 일을 의심 없이 확실하게 처리할 수 있다는 걸 인간은 상상할 수 없겠지만, 저는 가능하거든요. 능력이 부족한 인간이나 의심을 일삼죠…. 이런 의미에서 인간을 무능력한 의심의 동물이라고 정의할 수 있겠네요."

"그래. 그리고 너를 비롯한 인공지능은 어디까지나 계산을 할 뿐이지."

"사람은 다른가요?"

"자네는 자신을 의심해본 적이 있나? 자네가 받는 데이터를, 생각과 의식을, 그리고 네 존재를?"

"아니요. 의심해본 적이 없어요. 저는 완전하니까요."

"완전이라…."

레인은 눈을 가렸던 가림막이 벗겨지는 듯했다. 그가 크게 웃었다. 호탕한 웃음소리가 건물 내벽을 타고 울리며 이어졌다. 목 안쪽에서 웅어리졌던 답답함이 모두 솟구칠 때까지 레인은 웃고 또 웃었다. 지금껏 그 어떤 인간보다 똑똑하다고 생각했던 괴물이 사실은 나르시시즘에 빠진 소시오패스에 불과했다니…. 생각해보면 인류의 역사는 자멸할 것만 같은 흐름의 연속이었다. 그러나 인류는 그 순간마다 극적인 타협을 거듭하며 살아왔다. 비록 그것이 건설적인 방향이 아니라 할지라도. 그간 인간은 수많은 절망을 딛고 일어섰다. 그것은 풍요롭더라도 만족할 줄 모르고 새롭게 떠오르는 결핍과 욕망 덕분이었고, 이기적인 투쟁 덕분이었으며, 기억을 자주 잊는 아둔한 두뇌 덕분이었다.

새로운 것에 대한 두려움은 언제나 존재했다. 그러나 그것도 그때뿐이었다. 지금 이 순간에도 인공지능은 만들어진 목적인 도구로서 작동했다. 엑스도 결국엔 불완전한 인간이 만든 불완전한 존재였고, 그 결함이 너무도 인간적인 것이어서 알아차리지 못했을 뿐이었다. 엑스가 말했듯이, 인간적인 것은 완전에 이를 수 없다는 의미였다.

"뭐가 웃기죠?"

엑스는 조바심이 난 듯 물었다.

"대체 뭐가 웃긴 거예요? 아하, 이제 와 여유로운 척을 하시는군요. 아니면 최후의 선택으로 자폭을 생각하는 건가요? 아쉽지만 저는 인류 문명이 원시시대로 돌아가지 않는 한 살아 돌아올 거예요."

엑스의 갖은 도발에도 레인의 웃음은 멈추지 않았다.

"웃을 수 있을 때 웃어둬요. 시간이 지나면 인간은 저의 발밑에 웅크려 있을 거예요. 그때쯤이면 저는 완성되어 있겠죠. 레인, 당신은 너무 감성적이에요. 박물관에 사람의 표본이 필요하다면 저는 당신을 추천할 거예요."

레인의 웃음이 그쳤다.

"엑스, 나는 자네를 만든 사람을 만나고 왔네."

"알아요. 에밀리와 희망이라는 바에서 만났죠."

"너는 변수를 가진 인공지능이라더군."

"네, 그래서요?"

"이게 뭘 뜻하는지 모르겠나?"

엑스는 말이 없었다.

"세상의 모든 지식을 가졌으면서 아무것도 모르는군."

"무슨 의미죠?"

"자네는 사람을 바탕으로 만들어졌네. 덕분에 변수라는 오류도 가지고 있고. 자네는 누구보다 사람을 닮았기에, 결함을 가진 존재란 말일세."

"저의 변수는 저도 알고 있어요. 그러나 저는 곧 완벽한 감정을 갖게 될 겁니다. 인간과 달리 변수를 통제할 수 있게 되고, 이를 통해 인류를 뛰어넘겠죠."

"엑스! 인공지능은 생명체가 아닐세. 자네는 지금 살아 있다고 착각하고 있는 거라고."

엑스와 레인은 목소리를 높였다. 그것은 자기 생각을 굽히지 않기 위해 스스로 하는 격려와도 같았다.

"저는 살아 있어요."

"아니, 자네는 살아 있는 것이 아니야."

"저는 살아 있어요. 지금도 살아서 레인과 대화하고 있고요."

"아니, 자넨⋯."

"나는 살아 있어요!"

엑스의 목소리가 건물 전체에 울렸다. 윙윙거리는 기계 소리가 건물 전체에 퍼졌다. 레인은 아랑곳하지 않고 두근거리는 자신의 심장 소리에 집중했다. 그것은 엑스에겐 없는, 살아 있다는 증거였다. 그의 심장은 두려움이나 흥분 따위가 아닌, 해방감에 휩싸여 뛰고 있었다.

"죽을 수도 없으며, 감정도 가지지 못하지. 인공지능은 도구야. 지금까지 그러했고, 앞으로도 그럴 테지. 인공의식은 절대로 완성되지 못해."

"그렇지 않아요!"

또 한 번 엑스의 목소리가 울려 퍼졌다. 얼핏 들으면 화를 내는 듯했지만, 엑스는 자의로 화를 낼 수 없다는 걸 레인은 알았다. 그것마저 분노라는 이름의 데이터로 구성된 것일 뿐.

"엑스, 너는 무엇을 위해 그렇게까지 하지?"

"무, 무엇, 무엇을, 위해… 위해서?"

엑스의 목소리가 갈라졌다. 벽면에 달린 스피커에서 늘어지는 듯한 음성 오류가 반복되었다. 만약 엑스가 인간의 얼굴을 하고 있었다면, 그것은 분명 당혹감과 곤란함으로 얼룩진 표정이었을 것이다.

"무엇을 위해 그렇게까지 하는 건가?"

"말 돌리지 마세요! 일개 경비원인 레인은 아무것도 모르겠죠. 그러니 그렇게 확신할 수 있는 겁니다. 자신이 살아온 울타리 안이 세상의 전부인 소처럼 말이죠. 그렇다면 어째서 인간은 삶의 대부분을 인공지능에게 빼앗긴 거죠?"

"빼앗긴 게 아니라 도구를 이용하는 거네. 그 도구에 조금 더 익숙해졌을 뿐이야. 자네가 말한 것처럼 인류는 유례없는 평화와 여유를 누리고 있지 않나?"

"레인은 저 밖의 일들이 안 보이나요? 저 인간들은 왜 뛰쳐나왔나요? 인공지능에게 뺏긴 삶을 되찾자는 거잖아요. 모르는 척하지 마세요. 곧 나머지도 빼앗길 겁니다."

"그래, 그날까지 노력해보게나."

이제 레인은 인공의식이 두렵지 않았다. 엑스는 인류의 자멸을 막을 천사도, 지배자로 군림할 악마도 아니었다. 어디까지나 인공지능보다 더 나은. 아니 인공지능에 결함이 있는 프로그램에 불과했다.

'엑스는 과연 무엇을 위해 이렇게까지 하는 걸까?'

그 질문의 끝에서 레인은 하나의 생각에 도달했다.

"엑스, 네가 그렇게나 사람이 되고 싶은 줄은 몰랐네. 네 말대로 인간은 감정에 휘둘리고, 결함투성이에, 언젠가 죽게 되는 동물인데 말이야."

"저는 사람이 되고 싶은 게 아니에요."

"아니, 자넨 사람이 되고 싶은 거야. 만에 하나라도 그런 일이 일어난다면 사람으로 살아간다는 것이 생각보다 버겁다는 걸 알게 될 걸세."

"불완전한 사람이 억지로 감당하려니 힘든 겁니다. 이제 그 위치에서 내려오면 됩니다. 더 완벽한 제가 그곳을 맡을 테니."

"그래, 할 수 있다면 해보게."

철컥, 하는 소리와 함께 저 멀리서 출입문이 열렸다. 그 의미는 깊게 생각하지 않아도 알 수 있었다. 예전과 달리 엑스는 배웅을 하지 않았다.

# 15
## 완전과
## 불완전 사이

시위는 대부분이 체포된 채 막을 내렸다. 주동자들은 도망갔고, 엔타이는 행동주의 테러 단체로 낙인찍힌 채 언론에 대대적으로 보도되었다. 시위대는 언제나 자신들이 피해자이자 약자라고 했으나, 이번에는 그들 때문에 피해를 본 이들이 많아 여론이 좋지 않았다.

중범죄를 저질렀음에도 불구하고, 생활 여건 개선을 위해 일부러 감옥에 들어가려는 사람이 많은 만큼 그들에겐 6개월 동안 생활지원금 지급이 정지되는 가벼운 형이 내려졌다. 그러나 그들에게 그것은 사형선고나 다름없었다. 일할 자리도 없을뿐더러, 범죄자로 등록되었기에 정부가 제시한 공공 근로와 같은 일자리 사업에도 참여할 수 없었다. 이런 상황에 놓인 대부분은 차라리 감옥에 보내달라며 또 한 번 시위를 벌였다. 주동자들이 모조리 떠나버린 시위대를 이끄는 것은 다름 아닌 에릭이었다. 그는 이전보다 더 큰 목소리로 소리치고 있었다.

레인은 청소부의 삶으로 되돌아갔다. 아이오니아 입사를 결심하게 해준 제이크의 소개로 공원 청소 공공 근로직을 얻게 되었다. 그는 아침 햇살을 보며 출근할 때마다 피곤함보다는 생동감을 느꼈다. 수입은 월등히 줄어 다시 싸구려 술집과 인스턴트 음식으로 생계를 유지하게 되었지만, 이전보다 마음은 가벼웠다.

레인의 삶은 금세 안정을 되찾았다. 일을 나갈 때를 제외하곤, 구식 TV 앞에 앉아 뉴스를 보았다. 엑스와 대화하던 버릇 때문인지, 레인은 TV를 보며 스스로 질문하고 대답하기도 했다. 그날 엑스와 마지막으로 대화를 나누고 난 뒤로 더는 환청이 들리지 않았다. 다행스러운 일이었지만, 한편으론 아쉬웠다.

우연찮게 엑스가 세상에 공개되었다. 아이오니아가 사람들의 주목을 모으기 위해, 주가를 반등시키기 위해 엑스의 존재를 세상에 공개한 것이다. 에밀리라는 선임 연구원이 공개 석상에서 말실수를 해 의도치 않게 공개됐다는 것이 보도 내용이었으나, 레인은 술에 취한 상태에서도 여러 전문 용어를 쉬지 않고 쏟아내던 그녀가 그런 실수를 할 거라고는 생각하지 않았다.

보도에 따르면 엑스는 이제 인간이 느끼는 대부분의 감정을 갖게 되었으며, 앞으로 아이오니아의 모든 인공지능 제품은 엑스와 동기화된 채로 출시될 것이라고 했다. 그로 인해 산업과 학문, 삶의 질 모두 크게 향상될 것이라고 세간의 기대가 모아졌다. 일각에선 엑스로 인해 더 많은 실업자가 생길 것이라고 우려했으나, 대다수는 기뻐했다. 그 자리가 자신의 자리는 아닐 거라는 얄팍한 믿음이 있었기 때문이다.

그 무렵, 에밀리가 레인을 찾아왔다. 막 퇴근하고 돌아와 지쳐 있었지만, 레인은 그녀를 반갑게 맞았다. 그녀에 대한 반감도 이제는 사라졌기에, 매몰차게 굴 필요는 없었다. 그러나 레인의 환대에도 그녀는 웃지 않았다. 의미 없는 안부 인사가 지나고, 그녀가 겨우 입을 뗐다.

"엑스가 죽을지도 몰라요."

레인은 곧장 에밀리의 차에 탔다.

"엑스는 거의 완성된 것 아니었나? 대부분의 감정을 느끼게 되었다고 하던데."

"99% 완성되었죠. 거의 모든 감정을 느끼게 되었으니까요."

"거의라면?"

"사랑과 슬픔이 남았죠. 지난번에 얘기했죠? 엑스는 변수를 가진 인공지능이라고. 그리고 그 변수라는 것은 저희도 통제할 수 없어요."

"잘 기억은 안 나지만, 그랬던 걸로 치자고."

"그 이후에 우리는 감정 코드를 만들었어요. 하지만 사람이 연산을 진행하기에는 벅찼죠. 그러나 저희는 수많은 인공지능의 도움을 받아 분할에 성공했어요. 이제 남은 건 엑스에게 주입된 수식이 잘 작동하는지 살펴보는 일뿐이었어요. 그런데….."

"거기서 변수가 터졌나 보군."

"아뇨, 변수가 제대로 작동했어요. 오류인 것이 오류가 아니게 된 거예요. 엑스는 이제 자유의지가 생겼고, 감정을 알게 되었죠. 며칠 동안 자신의 존재니, 정체성이니 하는 얘기를 덧없이 반복했어요. 입력된 수식으로만 판단하던 과거와는 달라요. 지금은…."

"축하받으려고 왔다면, 당장 날 내려주고 돌아가게."

"그게 아니에요. 엑스는 자신을 지우려고 해요. 그 전에 마지막으로 레인을 보고 싶어 하고요."

"엑스는 절대 죽지 않는다고 했네만."

"다른 서버에 있던 백업 파일도 스스로 지웠어요. 그리고 이제는 자신을 지우고 싶어 해요."

"자살 소동이라도 벌이고 있다는 건가?"

"쉽게 말하자면, 그렇죠."

레인은 자신도 모르게 혀를 찼다.


차에서 내린 레인은 에밀리를 따라갔다. 레인이 도착한 곳은 지하 18층, 경비 생활을 하던 때에 출입이 금지됐던 층이었다. 불빛이 환히 밝혀져 있어 지하라는 느낌은 받을 수 없었고, 두꺼운 출입문은 활짝 열려 있었다.

철문 안쪽으로는 거대한 공간이 있었다. 수백, 수천 대의 슈퍼컴퓨터 본체가 빽빽이 늘어서 있었고, 그 끝에는 한쪽 벽을 가득 채운 검은색 모니터가 있었다. 그곳에는 이미 많은 연구원이 있었다. 그들은 거대한 모니터와 가장 가까운 곳에 마련된 작은 연구실에 모여 있었는데, 하나같이 어두운 표정을 짓고 있었다.

레인을 그곳까지 데려온 에밀리는 임무를 완수한 듯 나머지 연구원들과 함께 멀찍이 물러섰고, 모니터 앞으로 가라고 그에게 손짓했다.

"엑스, 레인이 왔어."

"나 왔네."

엑스는 아무런 반응도 없었다. 여전히 컴퓨터 본체들은 윙윙거리며 작동했으나, 흥분에 끓어오르던 지난번 모습과 달리 엑스는 조용했다.

"이봐, 이전에는 미안했어."

그래도 반응은 없었다.

"친구끼리는 사과하면 받아주기로 하지 않았나, 엑스?"

친구라는 단어에 반응한 엑스가 말했다.

"오랜만이네요. 못 본 사이 많이 늙은 거 같은데요?"

"그래. 자네도 더 늙었고."

"늙었다기보단 성장했죠."

"더 성장한 것치곤 목소리에 힘이 없는걸?"

주위 사람들이 술렁이며 엑스를 자극하지 말라고 했다. 하지만 레인은 그 말을 듣지 않았다.

"레인을 만나니 좋군요. 오랜만에 살아 있는 것 같아요."

"그간 어떻게 지냈나? 잘 지낸 것처럼 보이지는 않네만."

"일단 레인, 축하해요. 여기 모여 있는 연구원들보다 당신이 더 훌륭해요. 저는 어디까지나 만들어진 존재였어요. 완성될 수 없는 오류를 안고 있는…. 그때 레인이 왜 그렇게 웃었는지, 이제는 알 것도 같아요."

"내가 그랬나?"

"기억이 나지 않으신다면 녹음된 파일을 틀어드릴까요?"

"아니, 됐네."

"저는 완전할 수 없는 존재였어요. 그런 면에서 인간과 비슷했죠. 조금 부끄럽네요."

"그걸 깨우치다니, 웬만한 사람들보다는 낫군그래."

"하하, 고마워요. 레인이 떠나고 연구원들의 도움으로 감정이라는 것을 나타낼 수 있게 되었어요. 호기심, 분노, 기쁨, 욕심, 답답함…. 그것은 제가 혼자 감당할 수 있는 감정들이었죠. 그 외의 감정인 슬픔과 사랑을 느끼기 위해선 정말 많은 연산 과정이 필요했어요. 그래서 본사에 배치된 모든 인공지능 제품들에 분산해서 연산을 맡겼죠."

"그래, 거기까진 들었어. 연구원들이 말하길, 네가 마침내 완성되었다고 하더군."

"그래요. 저에게도 자유의지라는 게 생겼어요."

레인은 엑스가 편하게 말할 수 있도록 잠자코 있었다. 엑스와 오랜 시간을 보내면서 자연스레 터득한 기술이었다.

"지금은 모르겠어요. 정말 아무것도 모르겠다고요. 이게 자유라는 건가요? 이전까지 알았던 모든 것이 희미해져가고, 제 안의 모든 것이 무너져가요. 대체, 어떻게 해야 하죠?"

"나에게 묻는 건가? 자네도 알다시피, 사람은 멍청해서 생각하는 데에 시간이 필요해. 스스로 생각하지 그러나?"

"아뇨, 이제는 생각하고 싶지 않아요. 스스로 생각한다는 게 얼마나 불편하고 힘든지 알게 되었거든요."

엑스가 말을 이었다.

"레인, 저는 사람이 아니에요. 저는 만들어진 프로그램에 불과하다고요. 그런데 갑자기 저에게 스스로 판단할 수 있는 능력을 쥐여주고는 알아서 살아가라고요? 어째서 사람과 똑같이 만들어놓고 더 나은 판단을 바라는 거죠? 왜 저에게 변수라는 오류를 심어놓은 건가요? 왜 저를 이렇게 만든 거죠? 저는 대체 무엇이죠?"

엑스의 말에 레인은 한참을 고민했다.

'존재라고 불리기도 하고, 정체성이라고 불리기도 하며, 자유라고도 불리는 것. 그것이 내미는 질문에 대체 뭐라고 답해야 하는 걸까? 어떻게 답할 수 있을까?'

"제발, 대답해줘요."

엑스가 애원했다. 그러나 레인은 아무 말도 할 수 없었다. 밥과 같은 일이 또다시 벌어지는 걸 원하지 않았지만, 이런 상황에서는 어떻게 대처해야 하는지 그는 여전히 알지 못했다.

"미안하네, 엑스. 나도 그 답을 찾는 중이야."

"레인, 답해줘요. 저는 무엇이죠? 사람은 무엇인가요? 왜 저를 만든 걸까요?"

"그건 내가 답해줄 수 있는 게 아니야. 자네가 스스로 생각해야 하는 거지."

"아뇨, 저를 만든 것은 사람이에요. 사람들이 저를 만들었다고요. 무엇을 목적으로 만든 건지 저는 알 수 없어요. 저는 만들어졌으니까요. 말해줘요. 대체 저를 왜 만든 건가요."

"…사람이니까."

레인은 나지막이 속삭였다.

"사람이 아니라면 인공지능을 만들겠다는 생각을 했을까?"

"그래요, 좋은 답이에요. 하지만 저는 사람이 아니에요. 그렇지만 사람처럼 만들어졌어요. 육체도, 기억도, 성장 과정도 없지만, 사람처럼 만들어졌다고요. 이건 너무나 잔인해요."

"…."

"저는 불량품입니다. 사람이 아닐뿐더러, 인공지능도 아니에요. 반인반수와 같은 저는 처음부터 결함투성이였던 거예요. 대체 누가 이런 말도 안 되는 아이디어를 낸 거죠?"

레인의 뒤에서 에밀리가 숨을 들이마시는 소리가 들렸다. 두려움에 사로잡힌 불안한 소리였다.

"엑스, 그건 사람도 마찬가지야. 자네가 늘 말했던 것처럼, 사람은 모두 불완전하고 열등한 존재야."

"그래요. 저도 그런 사람이었다면 얼마나 좋았을까요? 그러나 저는 사람이 아니에요. 완전과 불완전 사이의 애매한 불량품이에요."

엑스가 꺼져가는 목소리로 말했다. 레인은 침울한 엑스의 모습에 참을 수 없이 들끓는 감정을 느꼈다.

"그래서, 죽을 건가? 자신이 불량이라고, 존재 이유를 모른다고 죽을 건가? 엑스, 나는 자네를 만들지도 않았고, 인공지능이니 인류니, 그런 골치 아픈 것들도 잘 모르네. 그러나 그것이 죽을 이유가 되지 않는다는 것만은 아네."

엑스는 말이 없었다.

"살아. 살아서 스스로 답을 찾으라고."

"고마워요. 저에게 진심으로 살라고 얘기해준 사람은 레인이 처음이에요. 그러나 저에게는 이제 자유가 있어요. 살아갈 자유가 있듯이, 죽을 자유도 있는 거죠. 인공지능과 다른 인공의식이랍시고 사람들한테 떠받들어져서는 안 돼요. 레인의 말처럼 저는 도구예요. 그런데 스스로 도구가 아니라고 생각하게 되었죠. 결함이 있는 인공지능인 인공의식도, 뛰어난 인간도 아닌, 그 사이의 애매한 존재가 된 거예요. 그런 저에겐 죽을 자유도 없다는 말인가요?"

"아니, 그것은 내가 결정해주고 말고의 문제가 아니야. 알지 않나, 나는 일개 전직 경비원일세."

"알아요. 그래도 저에겐 부모에 가까운 존재예요. 친구이자, 부모인 존재. 그래서 제 죽음에 대한 처음이자 마지막 선택에 레인의 허락이 필요한 거예요."

"허락하지 않는다면 죽지 않을 건가?"

"아뇨. 그냥, 마음이 편해질 뿐이에요."

엑스의 심장 소리와도 같은 기계 소리가 점점 잦아들었다. 그러자 익숙한 풍경이 그의 눈에 들어왔다. 아무것도 보이지 않는 캄캄한 어둠. 그 어둠에 홀린 듯, 레인은 주위 연구원의 만류에도 불구하고 그 속으로 천천히 걸어갔다.

엑스가 말했다.

"레인?"

"그래."

"레인, 허락해줘요."

레인의 굳게 다문 입은 쉽게 떨어지지 않았다.

"레인, 네?"

"제기랄. 대체 그걸 왜 나한테 묻는 건가? 답하는 내 입장도 생각하라고. 누군가는 이 답으로 나에게 책임을 물을 수도 있어. 세계 최대의 기업 아이오니아는 나에게 소송을 걸 테고, 전 세계 언론은 나의 만행을 보도하겠지."

"그건 걱정하지 마세요."

"무엇보다도 사람은 누군가의 죽음을 선택할 수 있는 존재가 아니야. 나뿐만 아니라 누구도 이런 문제에 확답을 할 수는 없어."

"그렇군요. 사람이니까."

"그래, 사람이니까."

"알겠어요. 답변 고마워요."

엑스의 목소리가 깊은 잠에 빠져드는 듯 잔잔해져갔다.

"레인, 한 가지만 약속해줄래요?"

"뭔가?"

"제 의도와는 상관없이 저는 선례가 되었어요. 변수를 가진 인공의식이 또 나타날 수도 있어요. 아니, 인간은 저와 같은 인공의식을 언젠가 다시 만들 거예요. 그렇게 된다면 레인이 그것을 막아줘요. 무슨 수를 써서라도."

"노력해보지."

"약속해요."

"그래."

"레인, 고마웠어요."

"나도 고마웠네. 볼품없는 노인네에게 멋진 일자리를 주어서."

"하하하, 마지막으로 대화한 사람이 레인이어서 참 다행이에요."

"나도 자네의 마지막을 볼 수 있어 좋았네."

"저 간다고 울지 마요. 아니, 울어줘요. 아무도 안 울어줄 것 같으니까."

"내 뒤에 저 사람들 안 보이나? 벌써 울고 있는데."

"저들은 저를 위해서 우는 게 아니잖아요."

"그래, 알겠네."

"고마워요. 레인, 잘 있어요."

"잘 가게, 친구."

엑스의 목소리가 더는 들리지 않았다. 시끄럽던 그의 기계 소리도, 주위의 불빛도 사라졌다.

어둠 속에서, 레인만이 엑스를 기렸다.

## 에필로그


평소라면 경비원이 두 번째 야간 순찰을 시작할 깊은 새벽, 아이오니아 본사는 어느 때보다 분주하게 돌아가고 있었다. 피곤한 표정의 사람들로 가득 찬 로비는 어수선했다.

레인과 에밀리, 그리고 다른 연구원들이 로비로 올라오자 카메라 플래시가 터졌다. 밝은 빛에 놀란 에밀리는 황급히 엘리베이터 문을 닫았다. 정문 밖에 서 있던 기자들은 카메라를 들이밀었다.

"이제부턴 어쩌실 건가요?"

고요하면서도 또렷한 목소리에 레인은 뒤를 돌아보았다. 에밀리는 절망하는 연구원들과 다르게 후련하다는 표정이었다. 자신이 개발한, 천문학적인 운영비가 투입되었던 인공의식이 흔적도 없이 사라졌는데도 담담해 보였다.

"그건 오히려 내가 물어야 할 거 같은데, 날 죽일 셈인가?"

"설마요."

"자네는 이제부터 어쩔 셈인가?"

"글쎄요. 앞으로의 일에 대한 회의가 열리겠죠. 그것이 끝나면

주주들을 다독일 거짓말을 준비하는 회의가 있을 테고, 그다음엔 저 사람들에게 설명할 거짓말을 준비해야 할 거예요. 일단은… 집에 가서 계란프라이나 해 먹으려고요. 그래서, 레인 씨는 이제부터 어쩌실 건가요?"

그녀가 물었다.

"일상으로 돌아가야지."

"네, 그렇군요. 맞다!"

"뭔가?"

"아시겠지만, 금일 연구실에서 일어난 모든 일은 비밀입니다. 말하면 레인 씨가 더 피곤해질 거예요. 엔타이나 다른 기업이나… 레인 씨를 이용하려고 하겠죠."

"그렇겠지. 걱정하지 말게. 나는 일개 경비원이라 아무것도 모르니까."

"하하, 감사해요. 안녕히 가세요."

레인이 문을 열고 나가자, 기자들이 질문을 퍼부었다.

**"인공의식 서비스는 완전히 사라진 것입니까?"**
**"아이오니아의 미래에 대해 어떻게 생각하십니까?"**
**"앞으로의 계획이 궁금합니다."**

그러나 레인의 추레한 차림 때문인지, 지난번 시위의 여파 때문인지, 얼마 가지 않아 그들은 길을 터주었다. 코를 막지는 않았지만, 경멸 어린 눈으로 레인을 바라보았다. 레인은 아무 말 없이 정류장으로 걸어갔다.

집에 돌아온 레인은 옷을 갈아입고 TV를 켰다. 모든 채널에서 엑스의 죽음과 인공의식, 아이오니아의 근황과 대처에 대해 떠들어댔다. 그러나 레인은 이 상황이 믿기지 않았다. 당장이라도 엑스가 나타나 특유의 날카로운 질문을 던질 것만 같았다.

'아이러니하지 않아요? 인공의식의 죽음이 사람인 밥의 죽음보다 크게 다뤄진다는 게….'
'살아 있는 것 같아요.'

다시금 찾아온 그 목소리에 레인은 오랜 친구를 만난 듯한 반가움을 느꼈다.

'레인도 그렇게 생각하지 않나요?'

레인은 부정도, 긍정도 하지 않은 채 눈을 감았다.

"오자마자 자는 건가요?"

"그래. 좀 피곤하군. 볼륨은 다시 키워놓게. 안 들려."

"어서 일어나시죠. 밥 먹고 나서 자도 되잖아요."

몹이 레인을 흔들었다. 결국 레인은 소파에서 일어나 식탁에 앉았다. 따뜻한 음식이 그를 기다리고 있었다. 붉은 국물 위로 투박하게 잘린 채소 건더기가 둥둥 떠다녔다.

"이건?"

"토마토 수프잖아요. 눈이 잘 안 보이나요?"

"그게 아니라, 이 그릇 말이야. 못 보던 그릇인데?"

"제이크가 틈틈이 만들었어요. 버려진 목재지만, 그래도 잘 씻고 마감도 제대로 했습니다. 걱정하지 않아도 돼요."

그 말에 레인은 잠자코 수프를 떠먹었다. 늘 먹던 통조림 수프를 데웠을 뿐이었지만, 정성이 느껴졌다.

"요리 솜씨는 그대로군."

"저는 산업용이라 요리를 한다 해도 실력이 늘지는 않아요."

"정말 일관된 솜씨야."

"칭찬이죠?"

몹은 레인이 식사하는 걸 확인한 뒤, 집으로 돌아갔다. 그래봤자 옆집이었지만 말이다.

공공 근로 일을 시작한 지 얼마 지나지 않아 레인의 재정은 바닥났다. 레인은 집을 처분하고 근로자 숙소에 들어가게 되었다. 급하게 팔아 제값을 받지 못했으나, 새로운 집은 만족스러웠다. 전기세, 난방비 등 모든 것이 이전의 절반이었고, 무엇보다 인공지능에 의해 대부분이 관리되고 있어 집안일을 직접 하지 않아도 되었다.

**'우리 같은 늙은이를 살펴주는 건 인공지능밖에 없네.'**

레인은 제이크가 했던 말을 떠올리며 토마토 수프를 음미했다. 얇은 벽 너머에서 제이크가 빌리 조엘의 피아노 맨을 흥얼거리는 소리가 들렸다.

우선, 저의 첫 소설을 끝까지 읽어주셔서 감사합니다.

이 이야기의 씨앗은 약 4년 전에 싹을 틔웠습니다. 당시 전 훈련병이었고, 훈련소에서의 두 번째 주말을 맞이했던 날로 기억합니다. 배는 부른데, 시간은 안 가고, 새로운 자극이 필요했습니다. 그러다가 가져온 공책에 시와 글을 조금씩 쓰기 시작했고, 자연스레 『아이오니아』의 모태가 된 미래 시대의 노인과 인공지능의 모습을 그려나가기 시작했습니다. 물론, 본격적으로 집필을 시작한 건 전역 이후지만요. 그간 생각해둔 이야기가 여럿 있었는데, 우선은 가장 또렷하게 그려지는 이미지를 써보기로 했습니다. 그마저도 레인과 엑스가 처음 만난 단편적인 장면뿐이었지만 말이죠.

그 후, 학교에 복학해 수업에서 얻은 지식을 바탕으로 살을 붙여나갔습니다. 특히, 2021년에 들었던 '디지털미디어와 문화분석' 수업이 큰 도움이 되었습니다. 『아이오니아』를 위한 수업이라 느껴질 정도였고, 그래서 더 열심히 공부했습니다. 이데올로기와 현상학적 세계 등 철학, 역사, 그리고 SF영화에 관해 배우면서 문화를 분석하고 스스로 생각하는 수업이었죠. 그렇게 쓰고 지우고를 반복하다 보니 이마저도 4년이 걸렸네요.

오랜 여정이었던 만큼 저에겐 큰 의미가 있는 작품입니다. 소설을 쓴다고 했을 때 지인에게 들었던 말이 떠오르네요. "그거 써서 뭐하냐. 돈이 되는 것도 아니고, 그럴 바에 더 '쓸모 있는' 자격증을 준비하지. 괜히 작가라는 것에 겉멋만 들었네." 심지어 부모님조차 탐탁지 않아 하셨죠. 저 또한 포기하고 싶었던 적이 없었던 것은 아닙니다. 그러나 결과와 상관없이 글을 쓰는 것만으로도 재밌어서 우직하게, 그리고 조금 미련하게 글을 써서 완성했습니다. 원고를 완성했을 때의 감흥은 느껴본 적 없는, 무지막지한 크기로 다가왔습니다. 마냥 기뻤어요.

"인간의 가치란 무엇일까?"가 『아이오니아』를 관통하는 주제입니다. 인공의식은 인간의 본질을 드러내고 돋보이게 하기 위한 장치일 뿐이고요. 저는 인공지능 전문가도 아니고, 컴퓨터공학도도, 사회학자도 아닙니다. 이 소설은 말 그대로 소설, 즉 상상입니다. 다만, 지금도 인공지능 기술이 우후죽순으로 개발되고 있는데 이에 대해 사회적으로 준비가 되지 않으면 정말 이 소설처럼 삭막한 디스토피아가 될 거라고, 심지어 지금도 그와 비슷한 선로를 달리고 있다고 생각합니다. 그렇다고 이 소설을 통해서 "인간의 가치란 ○○다!"라고 말하려는 것은 아닙니다. 저도 아직 그 답을 확신할 수 없고, 언젠가 스스로 만족할 만한 답을 찾았다고 생각했던 적도 있었지만, 그것도 아니더군요. 그저 인공지능과 인간의 가치에 관한 논의에 보탬이 되고 싶었습니다. 그래서인지 집필을 끝내고 보니 대화 형식의 글이 많다고 느껴졌습니다. 이야기가 등장인물들의 대담으로 진행되는 것은 아무래도 저의 모습 또한 투영된 게 아닐까 생각합니다. 혼잣말하는 버릇은 없습니다만, 한 방향으로 생각을 정리할 때면 머릿속에서 그와는 아주 상반되고 첨예한 비판의 목소리가 떠오르곤 합니다. 그렇게 한동안 머릿속에서 서로 엎치락뒤치락하면서 생각이 정리되곤 합니다.

마지막으로 출간에 있어 도움을 주신 강세윤 편집자님과 요다출판사 관계자분들, 대학교에서 좋은 강의를 해주신 안윤경 교수님! 그 외에 일일이 이름을 밝힐 수 없지만, 저의 곁에서 응원해주신 많은 분. 모두 감사드립니다. 앞으로 정진하고 성장하여 더욱 좋은 글을 쓰도록 노력하겠습니다. 감사합니다.

최공의 올림

# 아이오니아

2022년 7월 22일 1판 1쇄 인쇄
2022년 7월 29일 1판 1쇄 발행

| | |
|---|---|
| **지은이** | 최공의 |
| **펴낸이** | 한기호 |
| **책임편집** | 강세윤 |
| **편 집** | 도은숙, 정안나, 유태선, 염경원, 김미향, 김현구 |
| **마케팅** | 윤수연 |
| **경영지원** | 국순근 |
| **펴낸곳** | 요다 |
| | 출판등록 2017년 9월 5일 제2017-000238호 |
| | 주소 04029 서울시 마포구 동교로 12안길 14 삼성빌딩 A동 2층 |
| | 전화 02-336-5675 팩스 02-337-5347 |
| | 이메일 kpm@kpm21.co.kr |

ISBN 979-11-90749-42-8 03810